U0695748

雅众
elegance

智性阅读
诗意创造

艾略特诗选
《荒原》及其他

THE WASTE LAND
and Other Works

（修订版）

[英] T.S. 艾略特　著

裘小龙　译

北京联合出版公司
Beijing United Publishing Co.,Ltd.

雅众文化　出品

目 录

辑一 普鲁弗洛克和其他观察到的事物（1917）

辑二 诗（1920）

辑三 荒原（1922）

*《荒原》中删去的部分

译者序 开一代诗风[1]

托马斯·斯特恩斯·艾略特（Thomas Stearns Eliot），现代英美诗歌中开创一代诗风的先驱，一九四八年诺贝尔文学奖获得者，是位影响深远的现代派诗人、评论家和剧作家。早在二十世纪三十年代，国内已有他的代表作《荒原》的译文，但总的说来，我们对他作品的翻译和研究还是初步的、不足的。

艾略特生平与创作谱系

艾略特出生于美国密苏里州圣路易斯市。艾略特的祖父在那里创建了华盛顿大学。艾略特的父亲亨利·韦尔·艾略特（Henry Ware Eliot）是个殷实的商人，母亲夏洛特·尚普·斯特恩斯（Charlotte Champe Stearns）也来自新英格兰名门；艾略特是他们的第七个孩子。

在一个富有文化修养的家庭里，艾略特度过了他的童年。他后来的诗篇不时闪烁着孩提时代的记忆。他家当时在马萨诸塞州还有一座避暑别墅；临海眺望，风光

1　根据初译本前言修订。前言中的中文脚注为初译本中译者本人所加，英文脚注为修订时所加。

I

迷人，难忘的景色多少年后溶进了他的诗行："从宽敞的窗户通向花岗岩的海洋／白色的船帆依然飞向海的远方，海的远方／不能折断的翅膀。"（《灰星期三》）自然，诗更是象征性的。

还在中学时代，艾略特就悄悄练着写诗。他早年的一些诗，六十年代末才在《诗和戏剧全集》中发表，明显充满了浪漫派色彩，同时也开始展现出他自己的风格。

一九〇六年，艾略特进入哈佛大学，专修哲学。他的兴趣很广，除哲学外，还选学了法文、德文、拉丁文、希腊文、中世纪历史、比较文学，甚至东方哲学和宗教等。在大学时期，他的导师中有著名的新人文主义者欧文·白璧德（Irving Babbitt）和美学家乔治·桑塔亚纳（George Santayana）。接着是研究生课程。一九一〇到一九一一年，他在法国巴黎大学学哲学和文学。一九一一年十月，他回到哈佛，潜心研究新黑格尔主义者布拉德雷（Francis Herbert Bradley）的著作。一九一四年，他以客座研究员资格去德国，不久转赴英国牛津大学，其间撰写博士论文《知识与经验：布拉德雷哲学研究》[1]。论文完成后，因第一次世界大战期间德国潜艇对英国海上船只滥施袭击，他未能回美国参加论文答辩，以致最终没有获得学位。

一直到了六十年代，那篇论文才得以印行出版，只不过更多的是出于一种纪念意义。不过布拉德雷的一系列哲学论著确实对艾略特的诗创作产生了深远的影响。

---

[1]　T.S. Eliot, *Knowledge and Experience in the Philosophy of F. H. Bradley*, Columbia University Press, 1964.

按照布拉德雷的观点，人（个性）只是非完美性和幻象的堆砌，感官所能感受到的只是事物的形式，缺乏统一；而人的心灵间互相隔阂，思维和存在并不一致。这与浪漫主义传统中诗人是预见一切的先知的概念截然相反。

艾略特在攻读哲学的岁月里，仍一直进行着诗创作。一九〇八年十二月，艾略特阅读了亚瑟·西蒙斯（Arthur Symons）的《文学中的象征主义运动》[1]，接触到法国后期象征主义诗人儒尔·拉福格（Jules Laforgue）的作品。拉福格的作品给了艾略特巨大冲击，"导致了他与维多利亚时代英美诗歌文质彬彬的传统彻底决裂"[2]。

一九一四年，艾略特在伦敦与已成名的现代主义诗人庞德第一次相遇。翌年，庞德（Ezra Pound）以《诗刊》（*Poetry: A Magazine of Verse*）海外编委的身份力争，坚持在现代诗的这一主要阵地上发表了艾略特的《普鲁弗洛克的情歌》（后简称《情歌》），然后又陆续刊发了收入一九一七年版《诗选》的其他几首诗。

这期间艾略特个人生活中的变化，也使他的诗创作进一步起了变化。一九一五年，他和英国姑娘薇薇安·海－伍德（Vivienne Haigh-Wood）结婚。薇薇安聪颖，活泼，是艾略特最早的崇拜者和支持者之一，但她的体质娇弱，经常苦于神经衰弱，为他们的家庭生活添上了阴影。艾略特羁留英国，只能在一间中学任教，年薪仅一百四十

1　A. Symons, *The Symbolist Movement in Literature*, Kessinger Publishing, 1899.

2　戴维·帕金斯：《现代诗史：第一卷》，哈佛大学出版社，1976 年，第 376 页。

镑，常为生计焦虑。"我常常感到《情歌》是我的天鹅之歌，但我从不对人提，因为薇薇安渴望我能写出一篇可与《情歌》媲美的诗，而我如果做不到的话，她会万分失望的……从某种角度看，这一年充满了人所能想象到的、如最可怕的噩梦一般的焦虑。"[1]一九一七年，艾略特转入罗厄茨银行工作；同年加入《自我主义者》(*the Egoist*)杂志编辑部。第一次世界大战暴露的残酷性和非正义性更给艾略特的精神世界涂上悲观和怀疑的色彩。"每个人的个人生活都被这场巨大的悲剧所吞没，人们几乎不再有什么个人经验或感情了。"艾略特在一封信里这样写着。一九一九年，艾略特的第一部文学评论集《圣林》出版。

然而，艾略特的经济状况依然不见改善，庞德和美国一位著名的艺术资助者约翰·奎因（John Quinn）为此曾秘密筹划给艾略特募一笔款子，使他能专注于创作，但他们的努力并未取得成功。到了一九二一年，薇薇安的神经疾病愈发加剧，艾略特自己身心交瘁，也面临一次精神崩溃，只得去了瑞士一家疗养院。在疗养院里，艾略特创作了《荒原》的大部分。出院后，艾略特把《荒原》的初稿交给庞德。庞德以其独特的感知力为这首长诗做了修改，删去一半多的篇幅，使其得以定型。（出于对奎因的感激，艾略特同时送给他《荒原》手稿。奎因

1　T.S.艾略特：《荒原：原稿的影印和誊写本》，费伯出版社，1980年，第4页。

2　T.S. Eliot, *The Sacred Wood: Essays on Poetry and Criticism*, Faber and Faber, 1920.

病逝后,手稿下落不明,到艾略特去世后才重见天日。)《荒原》问世,产生巨大反响,奠定了艾略特在现代派诗歌中的地位。同年,他出任《标准》(The Criterion)杂志主编,自己也继续撰写文学评论,并越来越具影响力。

《荒原》是反映诗人这个时期精神危机的代表作,不仅是个人的,更表达了整整一代人的幻灭。《空心人》(1924)更充满了悲观和虚无主义色彩。然而,像艾略特这样敏感、有思想的知识分子,显然又不会一味陷入绝望或幻灭以告了事,他要寻找一条"出路",或早或晚要用自己的方式"走出荒原"。于是他的探索到达了一个转折点。一九二七年,他加入英国国教,并改入英国籍。一九三〇年发表的《灰星期三》,是首宗教色彩很浓的诗,标志着他的诗创作进入了一个新阶段。在《兰斯劳特安特罗斯》的序言里,艾略特公开声称:"政治上,我是个保皇党;宗教上,我是英国教徒;文学上,我是个古典主义者。"艾略特皈依宗教的原因,无疑需要具体分析,不过宗教思想影响了他以后的创作,这毫无疑问。

到了三十年代,艾略特在英美诗坛的地位业已确立。一九三二年,他与已疯了的薇薇安分居。薇薇安于一九四七年在疯人院里病故。薇薇安是个悲剧性的人物,他们的婚姻也是如此。但回过头来看,一场不幸的婚姻对他诗歌创作的影响却不一定是负面的。一九三四年他写了《〈岩石〉里的合唱诗》,论文集《追随奇特的众神》(After Strange Gods),同年又开始创作的《四个四重奏》,到一九四三年才告完成。《四个四重奏》是艾略特晚期诗中的代表作，风格与早期诗迥异，反映他业已成熟的哲学思想和世界观。在此诗中，他的诗歌语言也更炉火纯青，收放自如，同时，也对早年的现代诗艺有了进一步的拓展。一九四八年，他获得诺贝尔文学奖，授奖理由是为表彰他"作为一名现代诗歌领域的先驱所取得的杰出成就"。同年英国国王还授予了他功绩勋章。

五十年代以后，艾略特很少写诗，而主要从事文学评论和诗剧创作。艾略特在他的创作生涯伊始就对诗剧抱有很大兴趣。他说过："诗歌的最理想形式，最能直接发挥其社会功能的手段就是戏剧。"一九五〇年，他发表诗剧《鸡尾酒会》（*The Cocktail Party*），一九五四年《机要秘书》（*The Confidential Clerk*）、一九五九年《政界元老》（*The Elder Statesman*）接着问世。在成就上，剧作和诗相比或许稍为逊色，语言却更炉火纯青了。晚期剧本的成就为什么不如早期的诗歌，这是评论家仍在探讨的一个问题。其中的一个因素，或许可以说是与二十世纪中"诗剧形式的生命力"问题有关。

一九五七年，艾略特和瓦莱丽（Valerie Fletcher）结婚。在人生的最后八年里，他似乎第一次在个人生活中找到了幸福。瓦莱丽原是他的秘书，对他的照顾无微不至。论文集《诗歌和诗人》（*On Poetry and Poets*）和诗剧《政界元老》的题词都是献给她的。艾略特一九六〇年在哈佛大学的一次纪念会上曾这样说："无论什么样的成绩和荣誉，都无法给予这场婚姻给我带来的满足感。"[1]

晚年的艾略特身体状况较差，创作和社交活动都受到了影响，一九六五年在伦敦去世。

对于艾略特的生平和创作的关系，英国当代著名诗人菲利普·拉金（Philip Larkin）曾这样说："把那感受的人和那创造的头脑分开来看是对的，正如我们把海燕和引擎分开来看——但没有海船的引擎，也就不会飞来海燕。"[2]这样的看法，基本上是辩证的。

传统与现代的微妙共存

为了更好地理解艾略特的诗，有必要回顾一下二十世纪初英美诗歌的状况。

艾略特开始创作的年代，正是英美现代派诗歌发轫的年代。一般说来，十九世纪末到二十世纪初，世界各地爆发的社会矛盾、危机急剧加深，浪漫主义诗人先前想用个人的感受和激情来认识、唤醒、改造世界的幻梦破灭了。倒不是一定说广义的浪漫主义已山穷水尽，但现代社会越来越复杂，如果还是一味天真地用浪漫的方式来感受，来抒情，或寄予种种幼稚可笑的希望，或绝望地沉溺于个人世界里，那便无法对时代的复杂问题做出真正有力的响应。同时，传统诗的形式也因为格律束缚

---

[1] 德尔·戈登：《艾略特的早年生涯》，牛津大学出版社，1977年，第 111 页。

[2] 安东尼·斯威特：《二十世纪英国诗歌》，海尼曼出版社，1959年，第 51 页。

太多，往往只能产生些仅仅押韵却无新颖诗意的东西，即使有写得较好的，也常因过分雕琢而太显圆熟。这些都使敏锐的现代诗人们感受到了危机。应运而生的英美现代派诗歌，也可以说是一种双重危机下的产物。

一九一七年，女诗人哈丽特·门罗（Harriet Monroe）在芝加哥创办了《诗刊》，专门登载"具有创新性的、坦率而具实险倾向的诗作"，为许多现代派诗人开辟了一个阵地，也召集了一大批读者。刊物鼓舞诗人以更为赤裸的激进的姿态出现，而非"陈腐的维多利亚修辞"。在这个刊物上撰稿的有许多后来成名的现代派诗人，艾略特即是其中之一。他们富有新意的作品纷纷涌现，这一现象后来被人称为"芝加哥文艺复兴"（Chicago Literary Renaissance）。

在伦敦，一九一四年至一九一九年的意象派诗歌运动（Imagism），也是现代诗史中一件影响深远的事。意象派诗歌运动由庞德、艾米·洛威尔（Amy Lowell）等英美诗人发起。他们聚集在一起，发表宣言，出版诗集，声势搞得很大，成了"现代诗歌开始的标志"。意象派诗人反对后期浪漫主义诗歌言之无物、空洞说教、意象模糊的写法，提倡写硬朗、实在、以呈现意象为主的诗。他们声称，"意象派的要点是决不将意象用于装饰"，"意象就是诗"。意象派自身尽管带有种种局限性，但着重探讨了意象在诗中的作用，对后期浪漫主义用空洞的抒情或说教来掩盖意象的写法做出了有力的反驳。不少批评家指出，艾略特早期的一些诗，恰恰体现了意象派的特点，他关于非个人化和客观对应物的论述也被认为带有意象派色彩。像《序曲》这类诗，当之无愧可以放在最好的意象派诗集里。只是，艾略特笔下对意象的运用更多了象征主义的韵味和感性，也更复杂，不像有些意象派仅仅是呈现单一的意象。

然而，美国芝加哥"文艺复兴"和英国伦敦意象派诗歌运动，固然为现代派的发展开辟了道路，本身却缺乏有深度的思想、理论纲领。浪漫派诗歌的继承者们也并非一蹶不振，他们有悠久的历史传统，而现代派诗人则要开垦全新的处女地。因此现代派诗人从一开始就受到保守的批评家们的严厉攻击，其中有一条就是：这些年轻的诗人常常为了标新立异而"新"，缺乏真正的内涵。"批评家们认为'现代派'自由诗是一种骗人的玩意儿，随随便便，轻易写就，没有什么思想。他们怀疑这些'现代'诗人是否真能说出些什么东西，但在艾略特的大多数诗里，一种相当有分量的、可以辨认的思想出现了。"[1]

艾略特的诗有思想，不仅仅因为他还发表了富有独到见解的文学观点，或因为他早年所受到的哲学熏陶，更因为他决不摒弃传统，而这一点正是一部分现代诗人操之过急、不够注重甚至全盘抛弃的。因此这里同样也有必要探讨一下他和传统的关系。艾略特虽以鲜明的反浪漫主义立场出现，但他又十分强调传统，其中也包括

---

[1] 林达·瓦格纳：《T.S.艾略特：批评论文选集》，麦格罗-希尔出版社，1974年，第2页。

浪漫主义传统。他著名的文学论文《传统和个人才能》[1]就辩证地探讨了这个问题。有评论家认为，他作品的特点正是在于：他在现代主义的感性中继承、结合、发展了英国十七世纪玄学派诗歌和法国十九世纪象征派诗歌的传统——当然也并不排斥其他影响。文学传统（包括浪漫主义在内），说起来可能无边无际，这里仅就上述传统和艾略特之间的关系做些统略的介绍。

十七世纪玄学派的代表诗人有约翰·邓恩（John Donne）、安德鲁·马维尔（Andrew Marvell）、理查德·克拉肖（Richard Crashaw）、乔治·赫伯特（George Herbert）等。他们诗的特点是重才气、重巧智、重技巧，运用颇多新颖意象和概念，如常把宏观世界和微观世界做意外的比较，或把两个表面上无甚相关的形象叠加在一起，促使读者去思考。诗熟练运用日常口语，节奏和格律有相当的灵活性。诗的主题复杂，却可以写得既庄严又亲切，既神圣又"亵渎"。诗人喜欢似是而非的反语，常能幽默地讽刺，又有敏锐意识到的道德性。尽管玄学派诗人以思想见长，他们的诗却并不缺乏感情，相反，他们的思想都化为了感性——将思想和感受浑然一体。玄学派诗人正是用感性的形象、理性的形式来探讨抽象问题。耐人寻味的是，上述特点在艾略特的诗里几乎都能找到。从抽象意义上说，理想的诗总能达到理性和感性的统一，可从历史上看，重感性、轻理性或相反的倾向，

---

1 T.S. Eliot, "Tradition and the Individual Talent", *The Egoist*, Vol. 6, No. 4, 1999.

又是屡见不鲜的。现代派诗受玄学派诗的影响，不能简单地理解为个别人"重新发现"的结果，但在现代社会的危机中用玄学派的方法抽象地去思考、探索一些重大的问题，对艾略特这样的现代诗人有着一种吸引力。

另外一方面，当浪漫派诗在英美诗坛渐显颓势时，象征派诗在欧洲获得了长足发展。作为一场文学运动，象征主义有自己的宣言、理论，但象征主义在不同国家、年代的创作实践中又有较大的不同，即使在法国象征派的几个重要诗人中，也没有划一的现象。其中，法国诗人波德莱尔（Charles Pierre Baudelaire）和他的追随者认为，诗人能透过现实的世界看到理想的形式和世界，因此要用暗示和象征来呈现这个世界，把现实转化为一个更伟大和更持久的现实。为了达到这根本性的理念境界，诗人故意把现实写得模模糊糊（尤其在超验主义象征派笔下），理念因而就可以更加清晰。按照上述理论，诗应运用意象的熔合和语言的音乐性，或更简单地说，用纯诗的形式，来传达理念。在一般实践中，象征派诗人多用具体的形象来表达抽象的理念，其中具体和抽象的关联往往只是暗示性的，作品能给人们的也不仅仅是一种解释。艾略特的"客观对应物"理论，从某种意义上也可以说是象征主义的衍生物。不过，象征派诗人的象征手法，往往带有强烈的个人色彩。而艾略特的作品，不仅有着个人色彩，同时也有意识地凸显了非个人色彩。

艾略特在反浪漫派诗的现代派浪潮中开始创作，但他又十分强调文学传统的重要性。对于这个看似矛盾的现象，西方评论界也是有争议的。其实，往往正是矛盾的因素在一个作家的作品中共存，达到某种微妙的平衡时，他的成就反而是较大的。

艾略特创作的三个阶段

由于上述特定的历史条件，艾略特的创作从一开始就带有某种实验性质，每个阶段也都有较大的变化。研究者一般把他的诗划成三个阶段，当然，阶段间也难免有些重叠的部分。

从一九一五年发表的《杰·阿尔弗莱特·普鲁弗洛克的情歌》，到一九二二年《荒原》前的作品，常被称为艾略特的早期作品，代表其创作的**第一个阶段**。

他的早期作品可以称为"走向荒原"。这个世界（艾略特所看到的）虽然还不是一片荒原，却已危机四伏、腐化堕落。没有欢乐，至多只有歇斯底里的狂笑；没有信念，充其量是自我陶醉的幻想。路灯下，形迹可疑的女人把眼睛拧得像一根弯弯的针；餐馆中，跑堂大谈特谈他当年的私情，诗人只能戴上嘲讽的面具，隐现在伦敦桥畔、煤气灯后冷眼旁观，无能为力地向前走着——荒原不远了。艾略特笔下的社会也可分为两层。上层社会中，普鲁弗洛克似乎去与情人赴约，可脑海中尽出现些懦怯、病态的念头，幻灭中掺杂着自我嘲讽（《杰·阿尔弗莱特·普鲁弗洛克的情歌》）；"贵妇人"在一个浪漫主义早已烟消云散的时代里，偏要以那消逝了的虚妄概念行事，而她的青年（"爱人"）则是满脑子"自我占有"的反英雄式人物，不愿承担任何责任，最后对爱情以逃之夭夭了事（《一位夫人的画像》）；一个诗人（情人）痛感美的幻象消灭，却无可奈何，只是徒劳地伫立，悲哀（《一个哭泣的年轻姑娘》）；海伦姑姑生前受到人们的百般奉承和尊重，但刚去世，仆人们就坐在她桌上偷情，拥抱得紧紧（《海伦姑姑》）；两个情人似乎在谈情说爱，其实无聊不堪，只能把音乐"紧搂"（《献媚的谈话》）；小老头过去曾做过理性的追求，现在落到悲观绝望、肮脏堕落的境地中，一切都变成了碎裂的原子（《小老头》）……下层社会中，有斯威尼和他的伙伴们，斯威尼在妓院里，妓女在一旁呵欠着，将一只长袜子拉起，拉皮条者瞪着眼睛，背景中更仿佛有场谋杀阴谋正在进行（《夜莺声中的斯威尼》）；斯威尼和一个女癫痫病人搅在一起，往腿上试着剃刀，女人缩作了一团（《笔直的斯威尼》）；斯威尼和他的伙伴们讲着故事，说他们一个相识怎样把他杀死的女人浸在盛满杂酚皂液的浴盆里（《斗士斯威尼》）；女仆们潮湿的灵魂／在大门口沮丧地发芽（《窗前晨景》）；老跑堂荒淫无耻地谈论着他早年的性生活（《餐馆中》）……

对于这一切，艾略特的两段诗或许能做个总括：

"《波士顿晚报》的读者们／像一片成熟了的玉米地在风中摇晃。"（《波士顿晚报》）。现代社会中的芸芸众生如此缺乏思想，身不由己地在报刊宣传工具的控制下摇晃。

"世界旋转着，像个古老的妇人／在空地中抹煤渣。"（《序曲》）。现代世界的衰败、没落、日落西山、凄凄恻恻，在这个意象中表达得淋漓尽致。

（当然，在这些早期诗之前，艾略特从他的学生时代就开始写诗，那时他还未受到现代主义诗歌的影响，写的作品也带有很多传统的色彩，只是在他成名后，这些作品才被人们猎奇似的挖掘出来。这本翻译集子也收译了几首，附在集子的最后面，或许可以称为早年诗，不妨比较着读，其中的不同显而易见，也值得推敲。）

一九二二年的《荒原》到一九二五年的《空心人》期间，是艾略特创作的**第二个阶段**，他这个时期的作品常被称为中期作品。艾略特此时已发现自己置身"荒原"中了，也可以说是"走入荒原"。

《荒原》是现代派诗歌的一个里程碑，反映了战后西方世界整整一代人的幻灭和绝望，旧日的文明和传统的价值的衰落，诗的成就正是在于捕捉住了这样一片"荒原般的时代精神"。《荒原》引起的巨大的、令人难以置信的反响，也证明了这一点。《荒原》全诗共五章，用六种语言，并大量引用或改动性引用欧洲文学中的典故和名句。诗的组织颇像一部纪录片，初看似乎散乱，但一个个镜头、意象、场面、对话片段等叠加在一起时，就像批评家约瑟夫·弗兰克（Joseph Frank）所讲的那样，形成了一种具有有机整体感的"空间结构"。也有评论家认为诗是"多声部的"，因为读者可以听到各种各样人物的声音，但又不同于叙事诗，每一个片段都是独立的，没有明显的线性连接，使人想到乐章的各个部。

在艾略特笔下的"荒原"中，"荒"主要指的是西方文明和精神的"荒"。艾略特并不把"荒原"视作历史上某一个特定的时刻，或仅仅看成是二十世纪西方的境遇。整首诗是想表现一种带有普遍性、永恒性的景象，也即一种对历史的透视。这样，当代的信仰和迷惘，文明和破坏，死亡和生命，爱情和性欲等种种形式与古代的种种形式都有着直接与间接的关系——既是古今对照的，又是批判的关系。

诗的主题是荒原的拯救。诗人通过神话、宗教传说和典故的旁征博引，展开了他的主题。在埃及、印度和希腊有关繁殖和四季循环的古老神话中，神必须死去然后才能复生，给土地带来生命，给人民带来力量。这一模式通常的体现形式也就是耶稣的生、死和复活。在诗的原注里，艾略特让读者去参阅魏士登关于古代宗教仪式的专著《从祭仪到神话》（*From Ritual to Romance*）。他尤其运用了关于渔王的神话传说。渔王的土地受到诅咒，田野缺水成了荒原；渔王因为病和伤，失去了生殖能力，他的人民也同样失去了生殖能力，只有在一个陌生人——传说中寻找圣杯的少年——来到此地，对寻找圣杯过程的仪式中的问题做出询问或回答后，大地和人民的灾难才会消除。圣杯是耶稣在最后一次晚餐中所用的杯子，圣杯遗失后，对圣杯的追寻变为一种追求真理的象征，许多中世纪作家都据此写成作品。圣杯的寻找者一般是武士，需要经历种种艰险和磨难。在《荒原》中，这种追求成了对生命之水的追求。据人类学家考证，原始神话中的种种象征，在本质上多少都和性欲有关。荒原缺水，象征生命之水的缺乏，但另一方面也象征着性欲之水，情欲横流，也能造成精神上的荒原。诗中关于有欲无情的性生活的描写，也可以理解为对造就"荒原"的原因的探讨。此外，艾略特还参阅了詹姆士·弗雷泽（James George Frazer）的《金枝》（*The Golden Bough*）。该书提出了原始神话延续的可能性：原始神话与基督教神话其实是合二为一的，一个得势的神话常常只是一个失势的神话的翻新。艾略特试图借此把对现代荒原的探讨上升为对生命之源的探讨。《荒原》诗中的这些典故有各种各样的影射，互文性有时是互相渗透的，对整首诗的结构起到很大的支撑作用。

因为整首诗有这样复杂对应的神话结构，只有把诗的各部分都放到这个结构中才能得到较好的理解。艾略特所诉诸的这些神话原型，也是企图表明：现代西方文明尽管有"巨大的多变性和复杂性"，却依然处于一种永恒的循环状态。

现代世界被比作荒原，而诗中不断插入的对伦敦城的描写，在交替刻画时达到了互相象征、批评的效果。现代社会中的芸芸众生都在或明或暗的古今对照中显出本相。

全诗共分五章。第一章"死者葬仪"起首是这样的："四月是最残忍的月份，哺育着／丁香，在死去的土地里，混合着／记忆和欲望……"从对荒原的描写引出荒原上的记忆和欲望：败落的贵族后裔玛丽回忆着破灭了的浪漫史；风信子女郎从"花园晚归，／你的臂膊抱得满满，你的头发湿透……"。将转瞬即逝的美的形象与缥缈的城进行对比：伦敦桥上，"死亡毁了这么多人"，因为他们虽生犹死，因为他们"每个人的目光都盯在自己的足前"。

第二章"弈棋"有两个场景。在第一个场景中，上流社会里一个空虚无聊的女性，在卧室里自言自语。诗中描写的景象雍容华丽，古典而辉煌，但到了第十一行——"潜伏着她奇特的合成香料"，"合成"一词让人意识到，诗中的女人只是现代社会里一个庸俗的人物。下一个场景安排在酒馆中，丽儿和她的女伴恬不知耻地谈着私情、打胎之事，怎么应付退伍归来的丈夫；酒馆侍从一旁的催促，"请快一点，时间到了"，反复出现，从另一角度给人一种紧张的戏剧感。结尾几行使人联想起《哈姆雷特》中奥菲利亚的一段话，显然是用疯话来影射现代社会里那些堕落的女性，不疯犹疯，虽生犹死。

第三章"火的布道"一开始，仍然是以纪录片的形式，投影着伦敦各种各样的画面。原先是"甜蜜的泰晤士"，现在周遭已不见任何仙女的踪影，接着，"我，忒瑞西阿斯"出现了。（按奥维德《变形记》的说法，忒瑞西阿斯有两性的功能，虽没有视觉，却能够预卜未来。）他看到了什么？一个女打字员和一个脸上长疙瘩的青年之间有欲无情的关系。他们都已异化成了"人肉发动机"；这件事完了，女打字员仅是用"机械的手"在留声机上放了一张唱片。

第四章"水里的死亡"：情欲的海洋，多少人在其中丧生。这章一共才十行，总结性地预示了这种情欲横流的必然结局。

第五章"雷霆所说的"，用三个"客观对应物"来描绘荒原：耶稣去埃摩司途中，寻找圣杯的武士走向"危险之堂"时的情景，一些国家的日益式微。荒原上没有水，此时此地的探索艰巨而痛苦。在经历了一系列恐怖的场面后，雷霆说话了："舍予、同情、克制。"然而雷声过后，"我坐在岸上／钓鱼，背后一片荒芜的平原"；荒原似乎依然如故。诗结束时，艾略特引用了某一优婆尼沙陀经文的结语，"出人意料的平安"。荒原究竟是否得到了拯救，诗故意写得含含糊糊、模棱两可。这使人想起逻辑实证主义哲学家维特根斯坦的一句名言："凡是不能说的一切，只能保持沉默。"

在《荒原》之后问世的《空心人》象征着艾略特精神历程中死气沉沉的中心。诗中人们的经验没有形式，甚至没有噩梦的形式，支离破碎，毫无意义。这是一个死了的王国，美的幻想不复出现，毫无挽救的希望。"荒原"中的人成了空心人，阴影落在一切事物中，"世界就这样告终／不是嘭的一响，而是嘘的一声"。

在"荒原"中，艾略特能待多久呢？

《灰星期三》是荒原上出现的第一个海市蜃楼，也许能喻之为"走出荒原"后的努力。从《灰星期三》到《四个四重奏》，是艾略特创作的**第三个阶段**，也可以说是"走

18

出荒原"。

《灰星期三》诗一开始，"因为我不再希望重新转身"，似乎在表示，艾略特已认识到个人追求的徒劳，从此将在宗教信仰中遵循谦卑的美德，尽管"我"走过的楼梯还"有一张充满希望和绝望的骗人的脸庞"。诗结尾时，稍做改动的诗行是"虽然我不再希望重新转身"，暗示诗人认识到自己的局限性，还是要努力在信仰中有所作为。

诗中的说话者是"我"——确凿无疑的诗人，不再是先前隐形的或戴面具的人物，仿佛艾略特第一次在荒原上找到了安身立命之处，能用自己的声音发声说话。然而，《灰星期三》中，艾略特又能说出什么呢？"教我们操心／教我们坐定／甚至在岩石之中，我们安宁在他的意志之中"。再读《〈岩石〉里的合唱诗》，全篇更像祷告。艾略特这个善于用客观对应物创作的诗人，面临又一个不同的危机了。

《阿丽尔诗》总标题下的四首诗，大都取材于其他人的作品。《三圣人旅程》，用的是耶稣诞生时三个圣贤自东方来朝拜的题材，艾略特以嘲讽的笔触反写其中一个圣贤（老人）对这一旅程的回忆。诗描述他对耶稣诞生这件事的认识其实稀里糊涂，只记得旅程中的屈辱和艰辛。诗人这样写，或许是试图让读者意识到，不信教的人无法理解宗教的真正意义。《玛丽娜》取材于莎士比亚戏剧《泰尔亲王佩力克里斯》(*Pericles, Prince of Tyre*)。戏中，亲王失去了他的幼女，误以为她已经丧生，后来玛丽娜长成一个姑娘，奇迹般地回到父亲身边。艾略特借用"相认"这个场景，描绘他自己在宗教中找到生活的真正意义——也是一种失而复得的经验。

可是，对在现代生活中具有如此敏锐感觉和思想的诗人来说，他不会满足于仅在其他作品中去寻找题材，他必然要做些新的探索。一九三四年他开始创作《四个四重奏》。

《四个四重奏》是艾略特后期的重要作品，诗仿照四重奏音乐的结构，每篇各有五个乐章。从某种意义上说，这是艾略特越过荒原后达到的一个新高峰。诗人并不仅仅因为皈依宗教，就此对荒原避而不见；他还得找到一种哲学意义上的安身立命之所，《四个四重奏》就是围绕这种探索展开的。

诗从"时间"这个主题逐步展开。人生活在时间里，文学作品的生命力在时间里，历史也是由时间形成，因此任何事物的意义都离不开时间。对于一个人来说，他会有种种经验，但在当时却无法（完全）理解，只是在以后（或是太晚的时候）才能真正认识到其意义。这就是过去时间、现在时间与将来时间之间的复杂关系。然而一切都在变化、消失，过去（现在、将来）的时间，在时间中发生的一切，怎样才能得到拯救呢？《灰星期三》展示了一种拯救过去（包括现在、将来）时间的方式。另一种是艺术的方式，即艺术家将"时间的胜利"物化，通过不会消失的形式（艺术作品）捕捉住记忆中的真实。艾略特觉得这两种方式都不够，因为现在所发生的一切，

20

虽会通过将来的重新评价改变意义，却再也不能改变其自身。只有上升到一种哲学高度，看到所有时间都是同时存在的，人类所有的行为、痛苦、斗争因而也都是同时存在的，哲学上的"道"[1]才能真正得到理解。

这种时间意义的认识不能离开特定的地点来实现，任何事物的意义，虽然并不等于时间和地点，却只能通过有关的时间和地点来被知悉。这样，《燃毁的诺顿》（位于英国格劳斯特夏的一座庄园）、《东库克》（诗人的祖先在英国居住过的一所村庄）、《干赛尔维其斯》（美国东海岸的三个岛屿）、《小吉丁》（英国一个有历史意义的村庄），成为艾略特选择的四个地点，为他的诗篇呈现富有象征意义的背景环境。

《燃毁的诺顿》首先抽象地引出了时间这个主题，试图打破时间和地点的束缚，把人们带入玫瑰园——玫瑰园则被联想为"那本来可能发生的事"。鸟儿出现了，展示出"混淆了真实和幻想的景象"。干涸的水池中，阳光营造水和荷花的幻象，诗达到了高潮。在描叙了各种途径的追求和探索后，回答依然是：人只有在时间中，才能征服时间的局限性；在不运动的物体中其实有着运动，关键是要抓住并理解那富有启示性的时间："绿叶中嬉戏的孩童／传出了隐藏的笑声"。

《东库克》是第二曲四重奏。诗人的祖先曾在东库克

1　艾略特使用的是"word"一词，该词在《圣经》中也译作"道"，其实这里的"道"在抽象的意义上，也相当接近老子《道德经》中的"道"。

居住，后在十七世纪离开东库克去美国，而艾略特又回到了英国。这种历史地点的胚胎状态提供了一种自我认识的哲学思想基础。诗继续探讨着时间变化和持续的关系，由时间又涉及历史。"在我的开始是我的结束"，这接近赫拉克里特[1]关于万物皆变的思想，同时也体现出一种文明宿命论的观点：文明的往复循环表现为社会的败落和复苏，衰退因素在现代文明的开始就蕴含其中。不过，一切又都可以重新开始。诗人最后回顾了自己的经历，他年老了，但探索仍将不会有终结。

《干赛尔维其斯》引出了密苏里河这个"神"的形象，它曾在历史中起过种种作用，但又被"机器崇拜"取代，人们从此忘却了河流的潜在威力与危险。河象征着人的时间，生活的微观节奏，海象征着大地的时间，永恒的宏观节奏。因为当人（诗人）变老，时间过去的经验有了另一个模式，不再仅仅是一个结果。人，最后还是回到"宗教"这片充满意义的土壤。

《小吉丁》是在第二次世界大战中写成的。当现代世界处于巨大的危险中，诗人回想起这个历史的象征（小吉丁），鼓起了勇气。艾略特当时是在伦敦街头巡视的民防队队员，诗描绘出一次德国空袭后的情景。他走在巡逻路上，遇到一个"熟悉的，复合的鬼魂"——他的领路人——由维吉尔（Publius Vergilius Maro）和叶芝

1　赫拉克里特，希腊早期哲学中朴素的唯物主义和辩证观点的最具代表性的人物，他关于万物皆变的思想对艾略特《四个四重奏》的创作构思起了很大影响。

（William Butler Yeats）的灵魂（一说是叶芝和斯威夫特（Jonathan Swift）的灵魂）复合而成，诗人被带领着走过那炼狱一般的历程，重新认识到诗人的职责是"使那部落的方言纯净"，而不是去追随一面古色古香的鼓。诗中的火焰也有两种象征：毁灭性的、净炼性的，唯一的希望在于怎样的选择。诗的最后，火焰和玫瑰合而为一，全诗达到统一。

艾略特对《四个四重奏》是满意的，也可以说是对自己"走出荒原"的努力的认可。他呈现了关于时间和拯救的一种可能性，似乎可以自圆其说，诗歌的艺术也更趋炉火纯青。于是"荒原"上的探索——他的诗创作也就此告一段落。

（《四个四重奏》之后艾略特的诗不多，在一些新版的艾略特诗选中，增补收录了他晚年的一些即兴作品，包括他写给第二位妻子瓦莱丽的爱情诗，也附在集子后面。按大部分评论家的说法，诗的成就不如以前那么高。这里选译了几首，可以比较着读。）

诗歌理论与创作技巧

研究艾略特的诗，必然要涉及他的文学理论和技巧。艾略特属于有意识地进行实践的博学者，他也正是有理论、有系统地用自己的创作实践改变了英美诗歌的整个现存体系。"倘若艾略特不是他所处时代的最著名的诗人，他本会成为其时代最杰出的批评家。"[1]不过，哪怕简单地列举一遍他批评过的著作的题目，也属于另一篇论文的范畴了。毕竟，艾略特的诗作也是他理论的具体化。这里我们不妨就他诗创作中所运用的一些技巧展开，来做番探讨，认识他的文学理论。

内心独白。艾略特论诗有四种思想方式：第一，对他人说话；第二，相互说话；第三，对自己说话；第四，对上帝说话。艾略特把思想和说话合二为一，即指他诗中的内心独白。这样，意识和潜意识中的念头都能入诗，这与心理现实主义小说中的意识流技巧相似。人物的内心独白，在诗人的笔下还可分出微妙的层次，引出独特的象征，同时凸显诗人对自己的观照。

《普鲁弗洛克的情歌》就是个例子，诗一开始即把"暮色蔓延在天际"和"像一个病人上了麻药，躺在手术台上"联想在一起，做出关于整个时代病了的暗示。接着，普鲁弗洛克正为自己时髦的服饰扬扬自得，一种更现实的自我观察在括弧中被提了出来。（她们会说，"可是他的胳膊腿多么细！"）普鲁弗洛克向前走着，因为自己过分神经质而无目的的生存苦闷，下意识中脑海里忽然出现这样的形象："我本应成为一对粗糙的爪子，急急地掠过静静的海底。""爪子"象征着低级和原始的东西，但那毕竟还是有目的的生存，与他自己无所适从的生活形成对照。整首诗都用内心独白来展开叙述，而普鲁弗洛

1　Neville Braybrooke, ed, *T. S. Eliot: A Symposium for his Seventieth Birthday*, Farrar, Straus & Cudahy, 1958.

克看到各种事物后的思想又勾勒出他经过的道路。

另外一首长诗（《一位夫人的画像》）中的情人，也在孱弱地思考着怎样逃避爱情，脑海里浮现的意象却是"像熊般跳舞，像猿猴般呱呱，像鹦鹉般歌唱"。诗里的动物神态被用来传达人物内心的慌乱，虽说他自己并不一定完全意识到了这些形象的内涵。《小老头》一诗中，主人公的意识更是随着他在书中所读到的内容，一会儿蔓延开去，一会儿又折回到身边的事物。"山羊夜里就咳嗽"系不由自主的联想，带有淫秽内容的暗示；但意识从身边肮脏的境地又流向历史、宗教，超越了个人化的经验。

戏剧性的表演手法。关于诗的戏剧性，艾略特独具只眼地指出："哪一种伟大的诗不是戏剧性的？……谁又比荷马和但丁更富戏剧性？我们是人，还有什么比人的行为和人的态度更能使我们感兴趣的呢？""人类的灵魂在强烈的感情中，就会努力用诗表达自己。"艾略特把诗中的人物放在戏剧性场景中，人物的言行举止于是就能更充分展示出其性格。这种场景选择的本身，也或多或少在传达着诗人自己想要表达的思想感情。艾略特写的不是传统意义上的叙事诗，笔墨只用在有象征意义的戏剧性片段上。这些片段间并不见明显的联系，有点像中国传统绘画中的留白，然而一旦读者主观能动性得到激发，对戏剧性片段中的人物产生兴趣，就会比读传统平铺直叙的小说更能进入真正的"经验再造"。

这里，我们可以把《一位夫人的画像》的第一节做些具体分析。诗中的话是夫人说的，即台词；听了她的话后的"我"的种种思想，即潜台词；由"我"的视角反映出的景物，即场景。（类似的手法勃朗宁也用过，但他只是让说话者滔滔不绝地自我表现，而无听者的反应和思想。）诗的第一节安排在十二月，"我"和夫人无聊地闲谈，同时却渐渐对她的调情感到了不安。场景："四支蜡烛燃在昏暗的房中／四个光圈投在天花板上，／一片朱丽叶坟墓的气氛，／准备着让什么事都说，或者都不说。"台词："有这么多的零零碎碎组成的一种生活（因为我实在不爱它，你不知道？）"潜台词（由音乐意象伴奏）："在小提琴声的萦绕之中／还有破号的／咏叹调之中／我脑子里开始了一种沉闷的咚咚声，／荒唐地敲打出一支自己的序曲。"这样，场景、台词、潜台词浑然一体，不着痕迹，纵然艾略特并不点明三者的关系，只在幕后导演。

艾略特其他的作品，如《斗士斯威尼》，戏剧性也很强，读起来甚至更像诗剧；如《一个哭泣的年轻姑娘》，篇幅虽小，但三段就是更换场景的三幕，充满戏剧性抒情强度；如《海伦姑姑》，一个谨小慎微的老处女去世了，艾略特却猛地把舞台灯光全聚焦于男仆和女仆在海伦姑姑桌子上的场景，充分展现了关于人与人之间情感的隔阂与冷漠。

思想感性化。艾略特反对后期浪漫主义缺乏思想内涵的抒情或伤感，不过又强调指出，"诗人的职责不在写什么思想"，而是要找到"思想的情感相对应物"。他说：

"丁尼生和勃朗宁，不应像闻到一朵玫瑰的芬香似的感受到他们的思想；对约翰·邓恩来说，一个思想是一种经验，修饰他的感性。""思想感性化"有些像中国古典诗歌批评中的"意境"，"意"要通过"境"来体现，"境"就是要让读者自己感受的经验。诗要表达什么，关键不在于空洞、抽象的陈述，而在于怎样才能让读者像闻到玫瑰的芬香似的感受到他们想说的一切，栩栩如生，呼之欲出。黑格尔说"美就是理念的感性显现"[1]，也同样在说，艺术表现需要感性的呈现，事物的具体形象，要求理性和感性的统一。诗人不再是抽象地思想，而是有血有肉、有声有色地思想或经验。这样，读者就能对诗的经验做出感性的反应，再上升到理性的认识。

我们来看一看《一个哭泣的年轻姑娘》。诗的第一段是这样展开的："站在台阶的最高一级上——／倚着一只花瓮——／梳理，梳理你秀发中的阳光——／把你的花更抱紧，痛苦地一惊／把花朵扔地，转过身／眼中一掠而过哀怨，／但是梳理，梳理你秀发中的阳光。"诗写的是一个被情人遗弃的姑娘的雕塑，美丽而痛苦的图景栩栩如生，使人直接感到那种对失去的事物怀念不已的情愫。诗不作什么议论或说教，却在另一个层面上，使读者对于"美丽欲望的挫折"这一象征可以展开不同的理解，为《一个哭泣的年轻姑娘》增添了思想内涵。再如《荒原》中"风信子女郎"："可是当我们回来晚了，

---

1 黑格尔 著；朱光潜 译：《美学》，第一卷，商务印书馆，1996 年，第 142 页。

从风信子花园而归／你的胳膊抱得满满，你的头发湿透，／我说不出话，眼睛也看不见，我／不死不活，什么都不知道，／注视光明的中心，一片寂静。"那原是诗中说话者在荒原上，在虽生犹死的生活中对珍贵的青年时代的回忆。一些评论家指出，艾略特暗示美好的回忆只能是过去的、失败了的经验，但也就在《荒原》中唯一的"美"的形象里，另一些评论家认为看到了"荒原"的希望——她不一定是过去的东西，还可以是一种美好的理想。真正富含感性的形象，所能激发的联想多种多样。在其他一些诗篇里，如"女仆们潮湿的灵魂／在大门口沮丧地发芽"，"早晨开始意识到⋯⋯微微走了气的啤酒味儿"，诸如此类的意象不胜枚举，诗人无需直接说出他的想法，感性的形象就完全能将其暗示、传达出来了。

客观对应物。在批评论文《哈姆雷特和他的问题》[1]中，艾略特提出一个观点：情感不得直接表达，只能客观地通过一种场景、一系列事情——客观对应物——来唤起；诗人要抒的情，需在具体化的客观事物中得到反映或折射。（这与思想感性化相辅相成，两者结合起来，构成了艾略特基本的象征主义手法。）诗人意识到个人感受（情感）的主观性和局限性，试图通过对客观事物的叙述，与诗的主观叙述取得呼应和平衡。

《玛丽娜》一诗即是运用客观对应物技巧的出色范例。诗写的是莎士比亚戏剧《泰尔亲王佩力克里斯》中

---

1 T.S. Eliot, "Hamlet and His Problems", *The Sacred Wood: Essays on Poetry and Criticism*, Alfred A. Knopf, 1921.

父亲重新找到女儿时的狂喜，但抒的是艾略特自己找到宗教信仰时的激情。海上航程的艰辛则与寻觅宗教历程的艰辛形成对应。这样写，自然要比一篇感恩祷告动人得多。或像《荒原》一诗，甚至通篇有个"神话结构"作对应物，或者说有着互文性的底蕴，否则很难达到如此的深度和广度，表达得如此淋漓尽致。《小老头》同样呈现了一系列客观现象，诗中的情感和思想有不少是艾略特的，或至少与艾略特的有相通之处，但充满解决不了的矛盾，诗人不愿，也不能直抒胸臆，于是他只能让"小老头"这个对应的形象来说话，结果确实也成功得到了表达。或许，客观对应物还有个艾略特自己都未完全意识到的功能——违背作者意图的客观性。《玛丽娜》让一般不具宗教思想的读者看，也可以是一首描写人们别后重逢的诗，情感真挚动人。一九三二年，路易斯·朱科夫斯基主编的一本实际上是意象派的"客体派"诗选，其中收录的就有《玛丽娜》，可见人们即使不理会其中的宗教内涵，也不会因觉得缺少什么而遗憾。

用典故法。艾略特对于现代世界的堕落充满"敌意"；在他看来，浪漫派诗人直抒胸臆地大声斥责或赞美，其实天真幼稚，更无济于事；而通过运用典故，达到古今对比、相互批评的效果，却更可以发人深思。现代诗的篇幅有限，典故的运用（或在后现代主义批评中所谓的互文性）确能蕴含更多的联想。对此，批评家瑞恰慈（Ivor Armstrong Richards）论述说："在艾略特手里，典故是一种简洁的技巧，《荒原》在内涵上相当于一首史诗，没有这种技巧，就得由十二本著作来表达。"[1]不过，艾略特的古今对比并非简单地作些今不如昔的感慨。他的历史意识也意味着对过去的进一步探讨与认识；按照艾略特的观点，作为艺术家，他还得感觉到"远古与现在是同时存在的"，因为"正是这种感觉使一个作家能够最敏锐地意识到他自己在时间中的地位"。典故运用，有时指向古今不同，有时则指向古今相同，暗示过去的意识或状态还在延伸或有变化，因此扩展了诗的地平线。譬如"荒原"得到拯救、复活，是许多神话里都出现过的现象，艾略特则用其来指向历史的重复模式。或如《夜莺声中的斯威尼》，诗前引语即是希腊统帅阿伽门农被刺临终前的一句话——"我受到了致命的一击"，提示斯威尼也正陷入一场阴谋。不过，阿伽门农的遭遇虽属悲剧，古希腊戏剧中的人物还是悲壮、性格坚强的人物；而斯威尼却虽生犹死，毫无掌握自己命运的能力，只在即将身陷入陷阱这一点上，才仿佛与古希腊的英雄有表面的相似。有不少批评家指出，艾略特的诗因此微妙地包含着对现代世界的批评——物质主义空虚的文明与另一种建立在宗教、信仰等基础上的文明形成对照。

艾略特在他的诗创作中运用、创造的技巧是很多的。如《序曲》中的"意象排列法"，即客观而不加评论地把一系列意象放在一起，由读者自己去思考这叠加、排列中的可能内涵。《大风夜狂想》中的自由联想，似乎毫

---

1 C.B.考克斯和阿诺尔德·欣克里夫：《〈荒原〉手册》，麦克米伦出版社，1978年，第51页。

无逻辑可言，其实用心理逻辑组成了诗的内在结构。如《夜莺声中的斯威尼》中专业词汇的运用："(她)然后在地板上重新组织起来，/呵欠着，将一只长袜子拉起"。"重新组织"原属专业词汇，把毫无诗意的词用在这里，平添了深刻的反嘲色彩：人竟堕落到与没有生命的物体一样，可以像机器般组装起来。《荒原》写一个女人堕落后，"一个人"/她的机械的手托平她的头发，/又在留声机上放上一张唱片"，"机械的手"和"留声机"相互呼应，点出人的异化，这种用词法也可以说是从玄学派诗歌中发展出来的巧智。《一个哭泣的年轻姑娘》塑造一个象征着失去了的美的形象，可她眼中的哀怨"一掠而过"——这个形容词又在抒情中含蓄地作了嘲讽抒情：罗曼蒂克的哀怨其实也很短。普鲁弗洛克在全诗中更是嘲讽地抒情："我老了……我老了……/我要把我的裤脚卷高了"；卷裤脚的形象在一本正经的抒情中不会出现，显然故意和传统抒情过不去。这种反抒情的技巧有时也被称为"拆台"，是痛苦的黑色幽默，就像莎士比亚的悲剧抒情中，突然加入了小丑冷冰冰的玩笑。

这里应该指出，艾略特的诗歌理论批评中表现出一种偏艺术技巧的倾向。他一再声称，诗人的重要职责就是要用新的表现手法使陈腐的语言重新充满生机。著名批评家诺思洛普·弗莱也说艾略特抱有这种幻想，认为："当代作家还有一些能制止文明衰退的东西。艾略特自己指出他关于文学的辩证史就是坚持一种战术运动，使新的写作方法得到人们的公认。"[1] 这当然也是值得我们进一步去做探讨的。

走出荒原：探寻永恒的变与不变

艾略特自己也说过："拿整个当代文学来说，确有堕落的趋势。而且，即使有些较好的作家能产生效果，在我们现在这个时代，对于有些读者却也许是堕落的。"在现代主义文学中身处如此重要的地位，艾略特的这段话颇能说明问题。但是，也正因为他以这种独特的角度进行批评，他的论点中不乏深刻的矛盾与矛盾的深刻。

对此，艾略特自己还写过一段话："一种独特的诚实，在吓破了胆而再不能诚实的世人心目中，是特别可怕的。这是整个世界都在阴谋反对的一种诚实，因为它令人快活不起来。"这段话可视作他自己"荒原意识"的注解，是对西方文学传统中肤浅的浪漫主义倾向的一种否定。如果没有这种新的认识，二十世纪的"荒原"还会是一片浪漫主义的"乐土"，月光明媚，鸟声婉转。这种写法又有什么意义呢？传统英美浪漫主义诗中同样有不少这样自欺欺人的成分。然而艾略特的认识、反映和批判基于他的保守主义立场，他笔下的"荒原"是抽象的、普遍的，甚至恒久不变的，从古老的神话到当代的社会，所有的阶层都（反复）面临着同样的危机。《荒原》

1　诺思洛普·弗莱：《T.S. 艾略特》，芝加哥大学出版社，1963年，第32页。

就是个典型的例子。在"弈棋"一章中，第一个场景中出现的是个上流社会女性，第二个场景中出现的是下层社会中的女性，仿佛形成一种对位，把其中有欲无情的情景放到动物的性本能上来认识，似乎这是"荒"的根本原因之一。艾略特还因此得出结论，"所有的女人因此只是一个女人"。在他的笔下，其他一些知识分子的形象也贫血苍白、神经衰弱，颇像法国哲学家帕斯卡尔所讲的，"只是会思考的芦苇"。（从人的本质来探讨，丑和恶的现象描写当然也具有一种有净化作用的美学价值，作为现代社会异化的后果之一，反英雄角色的出现是有深度的。）

国外有不少批评家认为，艾略特的作品是现代世界彻底幻灭的写照——二十世纪初，非正义的大战和严重的经济危机，动摇了人们从前深信不疑的东西，弗洛伊德的性心理学说和纳粹分子人性黑暗面的大暴露，也使人类以往关于自我的认识开始崩溃，个人在这无情、荒谬的世界面前，显得如此渺小和无能为力。在前现代主义时期，文学作品中的幻灭主题大多只触及社会的一部分，或仅关于一些非本体论上的邪恶，毕竟还有一些其他善良的人和事能寄予希望、幻想。到了二十世纪初，对像艾略特这样富有尖锐洞察力的作家来说，就很难再找到幻想的土壤。诗人自己在谈及《荒原》时，就对批评家们所谓的幻灭十分反感。他并非故意要对美好的事物闭上眼睛，而是因为他对现代社会的本质有了更深刻的了解，看不到可以天真地被转化为幻想的东西，与其自欺欺人，倒不如抛弃旧日的幻想，把真实的面目揭示出来。

但是，艾略特并不是摈弃幻想就告了事。他一方面认识到个人的无能为力，另一方面，他诉诸人类学、东西方宗教、神话故事，古今异同的典故，来说明"荒"是人类无穷尽的循环状态中必然出现的一环，将其解释为一种永恒的变与不变，也试图在这种解释中去寻找走出荒原的可能性。

庞德早在对《杰·阿尔弗莱特·普鲁弗洛克的情歌》的最初评价中，就说过一段耐人寻味的话："因为所有优秀的艺术其实都是这一种或那一种的现实主义……，普鲁弗洛克并未在结尾时逃脱困境，这是一幅失败的图画，即其中的人失败了，但如果它们以一个凯旋的调子结束，那就成为一种虚假的艺术。"[1]现实主义或何种程度上的现实主义，或许不是庞德所能定论的，但这里不妨将其看作是一种与浪漫主义不同的感受能力。在艾略特的诗中，我们确实可以觉察到一种新的"现代感性"，即是用与浪漫主义诗人的天真所迥异的方式去感受、思考现代世界的种种经验，对"庄严"的东西嘲讽，对"神圣"的东西亵渎，对"正经"的东西拆台，对"肯定"的东西否定，对"理想"的东西揭底……总之，感受事物的尺度和准则变了，本身就意味着思想和认识的深化。这有时被称之为"天真意识"的解体，在一定程度上，也可

1　林达·瓦格纳：《T.S. 艾略特：批评论文选集》，麦格罗 - 希尔出版社，1974 年，第 23 页。

以说是"通过对现实关系的真实描写，来打破关于这些关系的流行的传统幻想，动摇资产阶级世界的乐观主义，不可避免地引起对于现存事物的永世长存的怀疑"。[1]

艾略特的矛盾更反映在许多不同方面。他认识到，在越来越趋复杂的现代社会中，把（诗人）个人的感受在作品中上升为哲理、真理是不妥的，因而反对诗的说教。但是他又主张诗人不要思想，难免给人错觉，仿佛作品的思想性和艺术性可以完全割裂。他谴责人们有欲无情的婚姻和性关系，只是他未能将这些人当作在特定历史条件中行动的人来看，同时也把性欲夸大倒是文明堕落的根本原因之一。他探讨"异化"问题，如"人肉发动机"，"（她）在地板上重新组织起来"，"变成了碎裂的原子"，可他不是从现代工业生产方式对人异化的影响这一角度进行探讨，而是用多少是片面的古今对比对异化现象进行谴责。他在《四个四重奏》中关于时间与变化的探讨，接近赫拉克里特的辩证观点：万物皆变，只在变化中才能有静止点，但他又在宗教的意义上寻找静止点的第一个推动。他把恶提高到善的必然对立面来探讨，不仅仅为了进行道德上的谴责，也是为了更深刻认识现实的本质；与此同时，他又把恶的现象意味一味归咎于现代社会的缺乏信仰，要人们克制、改悔，从"原罪"中去认识罪的根源。他强调诗创作中语言的本体功用，指出诗人的一个根本职责就是使老化的语言重新充

1　马克思、恩格斯、列宁、斯大林：《马克思恩格斯选集 第四卷》，人民出版社，2012年，第579页。

满活力，说"（诗人）他对语言才有直接的义务"，他批评弥尔顿"使英国诗歌语言退化"，并加深了诗中的"感性分裂"，但他的说法多少会让人忽略诗的其他功用和义务。

在艾略特的后期诗里，一些情况更加复杂。他走出"荒原"，步入宗教，自称保皇党，用对时间的形而上学的探讨，对基督教社会的理想的宣扬，作为拯教现代文明的处方。说到底，艾略特是从他自己的思想体系出发来进行探讨、创作的。奥登写过一段关于《荒原》的诗，在这个意义上颇能发人深思："……是你／你不是被震得哑口无言，而是／为干渴和忧惧找到正确的语言，最有力地／使一场恐慌得以避免。"艾略特当然也不可能使之得以完全避免，但他确实朝这个方向做了努力。

*

艾略特是西方现代派诗歌中最重要、最具代表性，也是最难懂的一位诗人。难懂，因为现代文明是复杂的，而这种复杂的反映必然也是复杂的，尤其像艾略特这样的诗人，又把自己身上种种复杂的东西加了进去，这自然给翻译工作带来不少困难。

译者在译了这样一部"难懂"的诗集后，写下了自己在这过程中想到的一些问题，是为了与读者们一起来思考。在对一部诗集的阅读中，作品的意义不是作者说了算的，更不用说译者了。真正的理解、结论是要由读者和时间来给出的。

下面还要赘述几句的是翻译过程中遇到的一些具体问题：

选目。这部诗选主要根据哈考特·布雷斯出版社一九五二年版的《T.S. 艾略特诗和戏剧全集》与费伯出版社一九六八年版的《诗和戏剧全集》编成。此外，还参考了费伯出版社一九八〇年版的《荒原：原稿的影印和誊写本》，它收录了艾略特《荒原》原稿中未发表的部分诗。（此次修订中，还参考了二〇一五年底，美国约翰·霍普金斯大学出版社出版发行的两卷本新集注版的《艾略特诗集》[1]，编注者是克里斯托弗·里克斯〔Christopher Rick〕和吉姆·麦凯〔Jim McCue〕）。

注释。艾略特的诗是以晦涩闻名的，在原文中尚且如此，译成中文，问题就更突出了。许多不易理解的西方宗教、风俗，文学上的典故一一注出，多了一些，但又似乎不得不注。关于一些诗的题解，或是从总体上引申出的段落的解释，译者参考了大多数西方评论家的说法，却恐怕也不一定那么可靠。从另一个角度说，这些注释甚至可能多余，译者在读者与诗歌之间越俎代庖了。从接受美学的观点来说，这或许更糟。确实，艾略特自己也说过，好的诗即使不能马上为人理解，也能吸引住人。不过，纵然是对西方读者，欧美国家也为他们出了一本本艾略特的研究和注释，这几乎成了一门工业，而

---

1 T.S. Eliot, *The poems of T. S. Eliot: Collected and Uncollected Poems*, Johns Hopkins University Press, 2015.

我自己在翻译过程中也得不断去查阅有关资料。以己度人，或许不是种理想的尝试，若过犹不及了，只能在这里请读者多多原谅。

韵律。艾略特基本上写的是自由体诗。他在一些诗中也用韵，只是韵不规则，有时隔着好几行押，或交错押，读全诗时却有一种微妙的节奏，充满现代英语的韵律感和音乐感。这在歌舞剧《猫》所取得的巨大成功上，得到了充分的证明。译者在中文译文中，勉力试图做出相应的处理，但这又几乎是不可能完成的任务。

在这部集子的编译过程中，译者得到了俞光明先生很大的帮助。谨在这里致以衷心的谢意。（从初版到这次修订，三十年已经过去了，俞光明先生一直用他自己的方式在帮助着我，再次感谢。）

译者对译诗有所偏爱，这是"个人化"的，但诗交付给了读者后，又是"非个人化"的，因此我等待着广大读者的批评。

裘小龙

2022 年 10 月 1 日

关于修订重译的一些解释

　　关于这次修订艾略特译诗选，首先要说，这只是相当有限的修订重译。英国玄学派诗人安德鲁·马维尔曾在《给他羞羞答答的情人》一诗中写过，"如果我们有足够的世界和时间——"，但这恰恰是说，我们其实并没有足够的世界和时间。这些年，我一直忙着写"陈探长"小说系列。这个系列被翻译成了二十多种文字，畅销于欧美多个国家，因此我还得不停地在世界各地宣传、促销。不过，艾略特于我却始终像是《荒原》中走在"另一边的那个人"。在探案的过程中，这位上海探长不仅不时会引上那位英国诗人的几行诗，甚至在一件异国的案子结束后，他还没忘了要戏仿《杰·阿尔弗莱特·普鲁弗洛克的情歌》，写了首充满自嘲的情诗。说到底，还是在八十年代初，在初版艾略特诗选《四个四重奏》的翻译中，我第一次看到了自己怎样"非个人化"写作的可能性。

　　《四个四重奏》在漓江出版社出版后，重印过多次。在随后一些年里，自己也曾考虑过是否要出修订本。一个要考虑的因素自然是时间。还有一个因素：八十年代末后，自己长时间居住在国外，更多时候是在用另一种语言写小说。要对艾略特的中译文修订，是否会事倍功半呢？

巧的是，美国约翰·霍普金斯大学出版社在 2015 年底出版了两卷本的艾略特诗集，这是由克里斯托弗·里克斯和吉姆·麦凯编辑的新集注版。为了给《上海书评》写书评，我把自己的旧译文找出看了一遍，发现其中还真有些让人惶恐的错译，更有不少可以改进的地方。年轻时译得太快，不免粗疏了一些，不管当时有什么样的原因，现在既然发现了问题，却不努力去修正，是对诗人，也是对读者的不负责任。我又想到，到美国学习、研究、写作三十多年后，自己的英文多少有些长进。我自己的写作，从某种角度看，也可以说是双语写作，中文语言的感性也因此在潜意识中的对照有了变化，获得了不少新的经验与认识，这或许又会反映到自己对中文的写作和翻译中。毕竟，诗歌是尤其注重语言感性的文学门类。（在这全球化时代，各种语言文化所蕴含的独特感性怎样在一种文字中得以凸显、融合、发展，也是个值得探讨的新问题。）

因此修订、重译这本诗选，哪怕有可能会事倍功半，也还是要做的。就像艾略特所说的："对我们来说，只有努力尝试，其余的不是我们的事。"

这里再说一下，在最初漓江版的基础上，我这次具体在哪几个方面做了修订。

漓江出版社初版"译本前言"大部分保留了下来。倒不是因为陆建德先生在一篇文章中所提到的，"他（裴小龙）为漓江版艾略特卷撰写的前言《开一代诗风》不仅仅是当时中国读者所能看到的最佳入门指南，而且还是一篇学问与文采兼备的论文"，而是因为，对艾略特这样一位复杂、难解的现代主义诗人来说，一篇较全面的介绍在今天或许还有必要。于是我也勉力对此做了修正，尤其删去了一些在那个年代政治正确的八股文字。

在漓江版中，原有放在"《荒原》中删去的部分"小标题下的一组诗，（更确切地说，小标题应该是"《荒原》写作过程中删去的部分"。）这次修订版根据这些年有关艾略特《荒原》的写作过程新的研究资料，做了些补充，更在集子的附录部分，做了论述。

修订版增收了美国约翰·霍普金斯大学出版社2015年两卷本新集注版的艾略特诗集的几首诗。这些诗是在艾略特妻子瓦莱丽去世后三年第一次得以问世的，更从一个新的侧面体现了艾略特的非个人化理论与个人化创作间的关系。这对全面理解他的作品也是很重要的。另外还增补了漓江版中未收入或未译全的个别几首诗。

也是机缘吧，二〇二二年是艾略特的《荒原》创作一百周年，全球各地都举行了活动，我也应邀为美国一家出版社最新的国际版艾略特诗选写了前言，参与了欧洲一部关于艾略特的学术纪录片的拍摄，并对瓦莱丽的秘书做了长篇采访，其间，又读到了有关艾略特与他诗歌的最新研究资料，也将这一切整合到修订版中。

在修订过程中，原先译错的地方自然要改，但艾略特的诗是以难解出名的，再怎样修订，也不能说就一定没有错了。对译文的文字也做了修正，尤其在怎样处理诗的感性这一方面。艾略特的诗扬弃了现代主义诗歌兴起前的传统格律形式，同时又在诗（自由诗）中成功呈现了具有现代感性的节奏和音乐感。（这恰恰是中国现代诗依然要解决的问题。）不过对译者来说，这几乎又是一个不可能完成的任务。知其不可为而为之，还是要像艾略特所说的那样，纵然"我们所有探索的终结／将来到我们出发的地点"。

辑一　普鲁弗洛克和其他观察到的事物
（1917）

献给让·维德纳尔（1889—1915）
死于达达尼尔海峡

现在你能理解
我心中为你怎样燃烧的那种爱情，
我甚至忘记了我们的空洞虚无，
把阴影当成实实在在的东西来对待。

杰·阿尔弗莱特·普鲁弗洛克的情歌

> "如果我认为我的答复
>
> 　是说给那些将回转人世的人听，
>
> 这股火焰将不再颤抖。
>
> 　但如果我听到的话是真的，
>
> 既然没人活着离开这深渊，
>
> 　我可以回答你，不用担心流言。"[1]

那么让我们走吧，我和你[2]，

1　这段题词引自但丁的《神曲》。《神曲》中，吉多·达·蒙特弗尔特罗在地狱的劫火中对但丁说了上面的话。吉多以为听他讲话的但丁也是被打入地渊的阴魂，不能再回阳世传他的话，因而他就无所担忧地讲出了自己过去的罪恶。在吉多所陷的那层地狱里，每个阴魂都被裹在一团火焰中，阴魂说话时，声音自火苗顶尖发出，火苗就像舌头一样颤抖。艾略特引用这段题词，暗示诗中的普鲁弗洛克像被贬入地狱的吉多一样，是在火焰里说话的，而读他这首诗的读者也是被贬入地狱的，属于和他一样的世界。因此，这段诗不止于讲普鲁弗洛克，还在讲一种普遍存在的象征。

2　诗中的"你"到底是谁？批评家是有争议的：有人认为是指读者，有人以为是指艾略特的另一个自我；一般认为与普鲁弗洛克同行的是另一个男性。在诗里"你"并没起多大的作用，诗基本上都是普鲁弗洛克的话，或可称内心独白。从诗一开始的场景来看，普鲁弗洛克或许是在女人们的房间，她们正在读米开朗基罗，接着从女人们的房间去海滩。普鲁弗洛克可能已到中年，但也可能是未老先衰。暮色中，他走过条条街道，思想随之无边无际地蔓延开去。也有批评家指出："在普鲁弗洛克的时间延续中没有进展，没有运动。"照这种说法，普鲁弗洛克或许一步都未迈出，仅耽于空想的内心独白。对于爱情，他开始经历一次幻灭，他内心依然染有浪漫的色彩，但又模糊地意识到这层浪漫色彩的虚伪性。幻灭中杂着自我嘲讽。整首诗也是这种似是而非的复调，题为情歌，实际上缺少的恰恰是真正的爱情。普鲁弗洛克向前走着（想着），艾略特就这样从普鲁弗洛克的角度展开了叙述。

当暮色蔓延在天际

像病人上了乙醚，躺在手术台上 [1]；

让我们走吧，穿过一些半是冷落的街，

不安息的夜喃喃有声地撤退，

退入只宿一宵的便宜旅店，

以及满地锯末和牡蛎壳的饭馆：

紧随的一条条街像一场用心险恶、

无比冗长的争执，

把你带向一个使你不知所措的问题……

噢，别问，"那是什么？"

让我们走，让我们去做客。

房间里女人们来了又走，

嘴里谈着米开朗基罗 [2]。

黄色的雾 [3] 在玻璃窗上擦着它的背脊，

黄色的雾在玻璃窗上擦着它的口络，

把它的舌头舐进黄昏的角落，

---

1 这个比喻颇有英国十七世纪玄学派诗歌的"暴力的联结"味儿。也就是把两种表面上看来无甚关系的东西放在一起加以比较、发挥，让读者去思考其内在的相似性：如这段里，暮色作为时间概念，可暮色居然"上了乙醚"，那自然是病了，这就暗示这个时代，包括普鲁弗洛克本人，都已病了，需要动一次手术；另一种解释也可以是，"上了乙醚"表示时间意义的终止，意味着普鲁弗洛克以后的思想宛如上了麻醉药的病人。

2 米开朗基罗（Michelangelo Bunarroti），意大利大雕塑家、画家和诗人。"房间"可能是"指普鲁弗洛克要去的女友的住处。米开朗基罗系文艺复兴时代艺术的象征，也象征着一种浪漫主义的理想，此处却成了自命风雅的女人在客厅里庸俗琐碎的话题。

3 "雾"强调那个房间与外部的隔绝，也可以看作是他的思想的外在化。

逗留在干涸的水坑上，

任烟囱里跌下的灰落在它背上，

从台阶上滑下，忽地又跃起，

看到这是个温柔的十月夜晚，

围着房子踅一圈，然后呼呼入睡。

啊确实，将来总会有时间 [1]

让黄色的雾沿着街悄悄滑行，

在玻璃窗上擦着它的背脊，

将来总会有时间，总会有时间

准备好一副面容去见你想见的面容，

总会有时间去谋杀和创造，

去从事人手每天的劳作，

在你的茶盘上提起又放下一个问题，

有时间给你，有时间给我，

有时间上百次迟疑不决，

有时间上百次拥有幻象、更改幻象 [2]，

在用一片烤面包和茶之前。

---

1 在这一段中，艾略特对"将来总会有时间"和引出的变奏，故意使读者想到《圣经·传道书》中的一段话："对每一件事情都有一个季节，天底下每个日子都有一个时间：有时间去生，有时间去死，有时间去种植，有时间去挖掘……"另可参看安德鲁·马维尔的名诗《给他羞羞答答的情人》："如果我们有足够的世界和时间"。诗中诗人对他"羞羞答答的情人"争论说，因为他们做爱的机会并非无穷无尽，他们就不能犹豫拖延。这里艾略特正是用此强调普鲁弗洛克的敏感和懦怯。
2 诗中"幻象"一词很重要，暗示着真理的一闪或美的一瞥，但普鲁弗洛克真能相信吗？"更改"一词立刻就拆台了。

房间里女人们来了又走，

嘴里谈着米开朗基罗。

啊确实将来总会有时间[1]

去琢磨，"我敢吗？""我敢吗？"

会有时间转身走下楼梯，

我头发中露出一块秃斑——

（她们会说："他的头发多稀！"）

我穿着晨礼服，腭下的领子笔挺，

领结雅致而堂皇，但为一个简朴的别针系定——

（她们会说；"可他的胳膊腿多么细！"）

我敢不敢

扰乱这个宇宙？

在一分钟里还有时间决定

和修改决定，过一分钟再推翻决定。

因为我已熟悉了她们的一切，熟悉了这一切——[2]

熟悉了那些黄昏、早晨和下午，

我已用咖啡匙量出了我的生活，

我知道人声随着隔壁音乐的

1　这几行里，因为普鲁弗洛克无法相信什么有价值的东西，他不能面对世界，他害怕人们的眼睛盯住他的每一缺陷，所以必须伪装起来，对重大的问题延宕不决。然而时光逼人，普鲁弗洛克又有另一种迟暮的恐惧感，想要"提出"问题。

2　下面这几行，大体上是进一步解释为什么普鲁弗洛克不能提出问题，扰乱这个宇宙。因为他自己就属于这个世界，批判它也就是批判自己，同时他又害怕这个世界。

渐渐降下而慢慢低微、停歇。[1]

　　所以我又怎样能推测？

因为我已熟悉了那些眼睛，熟悉了这一切——

那些眼睛用公式化的句子钉住你，

当我被公式化了，在钉针下爬，

被钉在墙上，蠕动挣扎，

那么我又怎样开始

吐出我所有的日子和习惯的烟蒂头？

　　所以我又怎样能推测？

因为我已熟悉了那些胳臂，熟悉了这一切——

带上手镯的胳臂，裸露、白净[2]，

（但在灯光下，淡褐色的汗毛茸茸）

是不是一件衣服里传来的香气

使得我们的话这样离题？

卧在桌子上的胳臂，或裹着纱巾。

　　我那时就该推测吗？

　　我又怎样开始？

1　"渐渐降下"，引自莎士比亚的《第十二夜》。奥西诺公爵正害相
思病，说"再来那支曲子，它有个渐渐低下的降调。"当时这首曲子
很适合他的情绪。

2　参见英国玄学派诗人约翰·邓恩《安魂曲》中的名句——"像一
只手镯似的金色头发围着骨头"，艾略特说这行诗有种强烈对比的效
果。把浪漫想象中的女人胳膊与更现实地观察到的"淡褐色的汗毛茸
茸"叠加，引诱力和丑恶杂在一起，普鲁弗洛克怎样能"开口"呢？

············

我要不要说，我在暮色中走过狭隘的街道[1]

看到只穿衬衫的男人，孤独地

倚在窗口，烟斗中的烟袅袅升起？……

我本应成为一对粗糙的爪子

急急地掠过静静的海底。[2]

············

还有那下午，那傍晚，睡得如此安详！

为纤长的手指爱抚，

睡了……倦了……或者装病，

躺在地板上，这里，在你和我的身边。

在用过茶水、点心、冰激凌后，我就有

力量把这一时刻推向决定性的关头？

但我虽然已经哭泣和斋戒、哭泣和祷告，[3]

1　这段仍然是说普鲁弗洛克考虑着怎样对他的情人说出他想到的，想象着用一幅伤感的画面来博得她的同情，但场景使他窘迫，他无法想下去了，于是这段后面又出现了省略号。

2　参见莎士比亚《哈姆雷特》第二幕第二场："因为你自己，先生，将和我一样衰老，如果你像一只螃蟹一样向后爬。"这是哈姆雷特装疯向朝臣波洛涅斯说的话。爪子的典故可能出此。也有评论家认为，爪子象征着低级的和原始的东西，但那毕竟是有目的，有追求的生活，爪子总是抓住它想要得到的东西，一点儿都不会犹豫，这与普鲁弗洛克敏感得神经质而无所事事的生活形成对照。

3　参见《圣经·撒母耳记》："他们悲伤、哭泣、斋戒。"这里也许是预示下面典故的宗教内涵。

虽然我看到过我的头（微微变秃）在一只盘子中递进，[1]

我不是先知——这也不是什么了不起的事情，

我见到过我的伟大的时刻晃摇，

我见到过那永恒的"侍从"[2]捧着我的外衣，暗笑，

一句话，我怕。

而且，到底是不是值得，[3]

当饮料、橘子酱和茶都已用完，

在瓷器中，在你和我的一场谈话中，

是不是值得带着微笑

把这件事情啃下一口，

把这个宇宙挤入一只球，

把球滚向使人不知所措的问题，[4]

1　按《圣经·马太福音》，施洗者约翰拒绝沙乐美的爱，沙乐美要求希律把约翰杀掉，把他的头放在盘子上给她。这里可能暗示普鲁弗洛克也拒绝了爱情，但这并非由于他是虔诚的信徒或传道的先知。普鲁弗洛克正因为这样的认识而感到痛苦。此外，在一般艺术作品的描绘中，约翰的头发和胡须都是很长的，而普鲁弗洛克即使在这种严肃的思想中，也忘不掉自己的头是微秃的。

2　普鲁弗洛克想象那个捧着他外衣的侍从在一旁暗笑，又在形而上的想象中将暗笑的侍从看成生活、命运，宇宙对无所事事的普鲁弗洛克"永恒"的态度。

3　做出勇敢的决定，来改变他原先波澜不起的生活，这是不是值得呢？

4　参见《给他羞羞答答的情人》最末几行："让我们卷起我们所有的力量和所有的 / 甜情蜜意，卷入一个球。"原诗中诗人要求自己的爱人急切和强烈地相爱。可对普鲁弗洛克来说，这场爱情却是要把整个宇宙这只球滚向"使人不知所措的问题"。艾路特常在典故的原来内涵上延伸，发挥开去，此即一例。

说："我是拉撒路，我将告诉你们一切"——[1]

而万一那个人，把她枕头在脑后整一整，

　　居然说："那根本不是我的意思。

　　不是，压根儿不是。"

而且，到底是不是值得，

是不是值得，

在夕阳西下，在庭院漫步，街道洒了水后

读小说、用茶点，长裙曳地之后——

这个，还有更多的？——

要说我想说的不可能！

但仿佛幻灯把神经的图样投上了屏幕：

是不是值得。

如果一个人，放好一个枕头或扔掉一块纱巾，

转身向窗子说道：

　　"那根本就不是，

　　那压根儿就不是我想说的。"

　　………

---

1 《圣经》中有两个叫拉撒路的人，一个玛利亚和马大的兄弟，他死后，耶稣又使他复活了。这个拉撒路讲了他死后的经历。另一个是躺在财主门口的乞丐拉撒路，他死后被天使放在亚伯拉罕的杯里，而财主则进了地狱。财主看见拉撒路在享福，请求拉撒路告诫他的每个兄弟多行一些好事，以免受下地狱之苦。这两个拉撒路的故事，都有死后复生的含意。此处暗示普鲁弗洛克的告诫正像拉撒路的告诫于财主们一样，不会被房间里的女士所重视，但同时暗示普鲁弗洛克实际上也走不到这一步。另外一种解释是：要让普鲁弗洛克改变他的生活方式，就像让死人复活一样困难，除了奇迹出现，普鲁弗洛克无能为力。

不，我不是哈姆雷特王子，生下来就不是，[1]

我只是个侍从爵士，这样一个家伙，

为一次巡行捧捧场，搞一两个好笑的场景，

给王子出出主意；无疑，一件顺手的工具，

服服帖帖，能派点用处也就知趣，

考虑周到，小心翼翼，战战兢兢，

满口华丽的辞藻，但有一点愚笨，

有时，几乎是个丑角。

我老了……我老了……[2]

我要把我的裤脚卷高了。[3]

我要我的头发往后分？我真敢吃桃子？[4]

我将漫步在海滩上，穿白法兰绒裤子。

我听到过美人鱼彼此唱着曲子。[5]

我想她们不会为我歌唱。

1　哈姆雷特一味自我内省，犹豫不决而无比痛苦。这里普鲁弗洛克
突然提及哈姆雷特，表示想要切断他刚才沉溺于中的哈姆雷特式的内
心独白，但又重新想起自己在生活中那种从属的、非英雄的角色。另
外一层延伸意义也可这样理解：哈姆雷特毕竟还是一个伟大时代的英
雄人物，也做过热情的斗争，但普鲁弗洛克在现代社会中，至多只能
扮个小丑的角色。

2　艾略特说过他在写这行诗时想到了莎士比亚戏剧中一个人物福斯
塔夫。

3　当时穿卷裤脚的裤子被认为是时髦的。

4　当时往后分头发也被视作放荡不羁。

5　从这一段起，读者可以看到普鲁弗洛克已开始安于他扮演的角色。

我看到过美人鱼骑波驰向大海，

梳着被风吹回的白发般波浪，

当狂风把海水吹得又黑又白。

我们在大海的房间里逗留，[1]

那里海仙女佩带红的、棕的海草花饰，

一旦人的声音惊醒我们，我们就淹死。

<hr />

1　在最后几行里，普鲁弗洛克不是"逗留"在女士们的客厅，而是在"大海的房间里"，那里海仙女围着他，这当然只是梦或幻想。"人的声音惊醒我们"，醒了就意味着回到人世来，而这里的现实生活似乎要把人们"淹死"一样。诗人突然用"我们"一词，表示普鲁弗洛克的情况不是个别的，而是普遍的。

一位夫人的画像 [1]

你犯下了——

私通罪：但那是在另外一个国家里，

而且，那个姑娘已死了。

——《马耳他的犹太人》[2]

1

十二月一个下午，烟雾正浓，

你让这场景自身来安排——仿佛足以达意——

1　这首描写"反英雄"式恋爱的"戏剧性"诗，分三段也就是三幕。第一幕：十二月一个烟雾弥漫的下午，音乐会后无聊的对白与谈情，这些话又与音乐术语的暗示混合在一起。"夫人"试图建立起一种亲切的"朱丽叶坟墓"气氛，"我"的内心却是混乱和犹豫的，"大脑里……敲打出一支序曲"。下面的乐章又将是什么呢？但是艾略特使用了一个破折号表示转折："让我们到外面走走……"，这实际上是"我"试图突破夫人包围的一种挣扎，第二幕：四月的落日，春天，诗在音乐意象上加了花卉的意象——"夫人"所称为友谊的发展，她的感情和"我"的紧张都在增强，她那"埋葬了的生活"咄咄逼人，"我"懦夫般的报答是故意含糊其词。报上那些耸人听闻的消息并未使"我"不安；不安的是音乐和花香又来了。这里"夫人"的吸引力和厌恶之处是掺杂在一起的，"我"自己也不知道对还是不对。第三幕：十月，"我"决定要离开"夫人"，但这决定又被怀疑的阴影笼罩着；"登上楼梯"象征着一种紧张的努力。"夫人"说了一番充满弦外之音的话，接着又出现了第一幕中的蜡烛意象—"我的自制力熄灭"；"我"的笑是硬逼出来的，"我"只能借用动物的形状来语无伦次地表达自己。"我"走了，但幻想到自己走后"夫人"可能的死亡，就感到一走并未解决问题，仅仅是不负责任地逃之夭夭。

2　英国剧作家马洛（Christopher Marlowe）的作品。

一句话："这个下午，我留下给你"，

四支蜡烛燃在黯淡的房中，

向天花板扔上四个光束，

一片朱丽叶[1]坟墓的阴森气氛，

准备着让所有的事都说，或者都不说。

我们，让我们说，听过最近来的波兰钢琴家

演奏序曲，运着指尖，甩着头发，

"如此亲切，这个肖邦，他的灵魂

只应在几个朋友中间再生，

大约两个或三个，他们不会将这朵花触动，

这朵花在音乐厅中遭人挤擦、质问。"

就这样，我们的闲聊渐渐离题

在微小的愿望和细细捕捉的遗憾里，

伴着小提琴降低的调子

和遥远的短号混在一起，

于是开始。

"你不知道他们对我的意义多大，我的朋友们，

啊，多么、多么稀罕，多么稀奇，

在由这么多、这么多的零碎组成的生活中找到他们，

（因为我实在不爱它……你不知情？你真是没看见！

哦，你的眼光多么敏锐！）

要是能找到一个赋有这些美德的朋友，

他拥有，并给予这些美德，

1　指莎士比亚戏剧《罗密欧与朱丽叶》。

而友谊就在这个基础上生存，

没有这样的友谊——生活，什么样的恶梦！"

在小提琴的萦绕之中，

还有破铜号的

咏叹调之中

我的大脑里开始了一种沉闷的节奏。

荒唐地敲打出一支它自己的序曲，

任性的、单调的歌曲，

至多有一个确凿无疑的"错音"。

——让我们到外面走走，吸一阵烟，

赞美赞美那座纪念碑，

讨论讨论最近的事件，

按着公共大钟将我们表的发条扭一扭。

然后等半个小时，喝我们的啤酒。

2

现在紫丁香花事正浓，

她有一盆紫丁香在她房中，

手指捻着一朵，她絮絮说，

"啊，我的朋友，你不知道，你不知道，

生活是什么——而你是将生活握在手中的人，"

（慢条斯理地将一根紫丁香茎捻动）

"你让生活从你的身边溜掉，任生活流逝，

青春是残酷的，不容悔怨，

青春对其无法辨认的处境微笑。"
我微微一笑，当然，
继续用着茶点。
"只是四月的落日，不知怎的使我想起了
我已埋葬了的生活，春天的巴黎，
我感到无比的宁静——看到这个世界
奇妙万分，青春洋溢，说到底。"

声音回旋，像八月下午的一把破提琴
走了调，但吱吱不停的旋律；
"我始终深深相信：你懂
我的感情，始终深信你也感觉到，
深信你会越过鸿沟，伸出你的手。

你无懈可击，你没有阿喀琉斯[1]的脚踵。
你将继续向前，当你最后取得成功，
你能说：这一点上许多人都以失败告终。
但是我有什么，我的朋友，我有什么
能给你，你能从我这里得到什么？
只是友谊以及同情，来自一个快走到
她旅程尽头的人。

我将坐在这里，招待朋友们饮茶……"

1　根据希腊神话，阿喀琉斯出生后被母亲倒提在冥河水中浸过，除
未浸到水的脚踵外，浑身刀枪不入，这里意指没有任何缺点。

我取下帽子，我怎能懦夫般地报答

她对我说的这一切话？

哪一天早晨你都可以看到我在公园里

读着报纸的趣事栏和体育栏。

尤其我特别注意

一位英国公爵夫人走上舞台。

一个希腊人在一场波兰舞中被杀，

另一个贪污银行的家伙作了交代。

我脸色不变，

我镇定自若，

啊，可是当一台街头钢琴机械地、疲惫地

重新奏出一支老掉了牙的普通曲子，

还有风信子的花香飘过花园，

使人回忆起其他人也曾向往的事。

这些念头究竟是错还是对？

3

十月夜色降临：像以往一样回返，

只是带着一种轻微的不安感，

我登上楼梯，拧动门把手，

觉得自己仿佛是爬上了楼。

"那么你要出国了，什么时候回来？

可那是个没用的问题。

你很难预料什么时候你能回来，

你会发现有这么多需要学习。"

我的微笑沉重地落在那些小摆设里。

"也许你能给我写信。"

我的自制力片刻间闪亮；

这和我猜测的一样。

"近来我一直在纳闷地想

（但我们的开始从不知道我们的终结！）

为什么我们没有发展成为朋友？"

我感到像一个微笑着的人，转身

却猛然看到自己在镜子中的表情。

我的自制力熄灭，我们真是在黑暗中。

"因为每个人都这样说，我们所有的友人，

他们全都深信，我们的感情会紧紧

相连！我几乎自己也搞不懂。

现在我们只得听天由命。

不管怎样，你要给我写信。

或许时间还不算太晚。

我将坐在这里，招待朋友饮茶。"

而我得借用每一种变化着的形状

来找到表达方式……跳舞，跳舞，

像一只跳着舞的熊，

似猿那样叽里呱啦，似鹦鹉那般喋喋学舌。

让我们到外面走走，吸一阵烟——

噢！万一某个下午她死了怎么办？

下午昏暗，烟雾弥漫，傍晚暗黄，玫瑰般红，

她死了，留我茕茕独坐，笔在手中，

烟从房顶上散落下来，

狐疑重重，好一阵子，

不知道如何去感受，或是否理解，

聪明还是愚蠢，太慢还是太快……

她真没有占了上风，说到底？

这支曲子的"突降"十分成功，

现在我们谈论到死亡突降——

我真应该有权微笑？

序曲

一 [1]

冬日傍晚来临，

走廊里一股牛排味儿。

六点钟。

烟蒙蒙的白天燃尽的烟蒂。

此刻，一阵狂风暴雨

把一摊摊肮脏的枯叶

与从空地刮过来的旧报纸

吹到了你的脚边。

阵雨猛鞭着

烟囱管帽子和破百叶窗。

在那一个街拐角上

出租马车前一匹孤零零的马冒汗、踢蹬。

接着一下子亮了路灯。

---

1 《序曲》共有四章，第一章引出"燃尽的烟蒂"等充满暗示的意象，使人去想接下来将是什么内容。四章之间有一定的联系，但这联系究竟是时间上的还是空间上的，艾略特没写明。艾略特在评论法国诗人圣－琼·佩斯时说过一段话："诗的晦涩是由于略去了链条中的连接物，略去了解释性和连接性的东西，而不是由于前后不连贯，或爱好写别人看不懂的东西……读者须让意象沉入他的记忆，这样做时对每一个意象的合理性不抱任何怀疑；到头来，一个总的效果就得以产生了。这种意象和思想的持续的选择毫无一点混乱，不仅仅有概念的逻辑，也有幻想的逻辑。"这段话也许有助于我们理解这首诗。

二 [1]

早晨开始意识到

踩满锯屑的街上传来

微微走了气的啤酒味儿，

以及向早市咖啡摊

匆匆走去的沾满污泥的脚。

还有那个时刻重新上演的

其他化装舞会，

于是想起在无数间

布置了家具的房间里

拉起灰暗窗帘的手。

三 [2]

你从床上掀掉一条毯子，

你仰卧着，等待着；

你瞌睡着，观望着黑夜显示出

1　第二章从"意识到"起一直写到"化装舞会"为止，全是早晨意识到的内容。这里选择的意象抨击了人们精神世界的空虚：早晨开始的生活仅是"化装舞会"而已。"拉起灰暗的窗帘"更是富有暗示的意味。

2　第三章从第二章中"无数间布置了家具的房间"以及"化装舞会"的带有强烈暗示的场景中延伸下来。房间里的这个女人显然是堕落的；艾略特始终对现代社会中"有欲无情"的性生活极为不满。不过这个女人是象征性的。诗的末尾，艾略特故意用丑恶的意象，造成了与后期浪漫主义和唯美主义截然不同的效果。这正是他独特的诗歌感性。

成千上万个污秽的、

构成了你灵魂的意象。

这些意象在天花板上隐现。

当这个世界的人全都重新回来，

阳光在百叶窗中悄悄爬上，

你听到一只麻雀在街沟中歌唱，

对你，街道呈现出自己

几乎也理解不了的一个景象；

坐在床边上，你

卷着头发中的纸带子，

或用两只腌臜的手掌

捏着黄黄的脚底心。

四 [1]

他的灵魂被紧紧扯过了那片

消失于城市大钟后的天空，

被不停的脚步踩踏着，

在四点、五点和六点钟。

又短又粗的手指填着烟斗，

一张张晚报，还有深信

1　有评论家认为：诗中的"他"是街道——大地，下面"一条暗黑的街道"与之呼应。但也可以说"他"是"失去了人性的"人。在一长串客观地不加评论的意象后，诗人为另一种幻想感动了，最后三行又突然把这种抒情"拆台"，改变了整首诗的格调，但也暴露了诗人的束手无策，只能把一切付诸苦笑。

某些必然事物的眼睛，
一条暗黑的街道的意识
急于要掌握这个世界。

我被那缭绕着、紧抱着
这些意象的幻想感动，
一种无穷温柔的
无穷痛苦的事物的概念。

用手擦一下你的嘴，然后大笑，
世界旋转，像个古老的妇人
在空地中拣煤渣。

大风夜狂想曲 [1]

十二点。

沿着合成月光映照下的

街道的延伸，

低语着的月夜咒语

融去了记忆的地面，

以及一切清晰的联系，

还有其中的间隔与度数。

我走过的每一盏路灯

都像一面虔信宿命的鼓那样敲，

在黑暗的空间中

午夜抖动着记忆，

仿佛疯子抖动着一颗死天竺葵。

一点半，

路灯噼啪地响，

路灯咕哝地讲，

路灯说："瞧这个女人，

她犹豫地走近你，在门口

像对她咧开嘴笑似的光线中。

你看看她裙子的镶边，

镶边撕得粉碎、沾满沙土；

你再留神瞅她的眼角

拧动起来像扭曲的针。"

记忆将一大堆扭曲的事物

抛起，似乎搁浅在海滩上；

沙子中一根扭曲的树枝，

让海水冲洗得平整、光滑，

仿佛这世界吐出了

骷髅一般的秘密，

僵硬，惨白。

工厂院子里的一根破弹簧，

铁锈附上已失去力量的外形，

硬邦邦的、卷曲、随时都会折断。

两点半，

路灯说，

"瞧一眼那仰卧在阴沟里的猫，

那猫伸出舌头，

吞下一口发臭的黄油。"

一个孩子的手，机械地伸出，

将沿着码头奔跑的小玩意儿装进口袋，

在那孩子的眼睛后面，我什么都没看见。

这条街上我看到过

那些试图透过灯下百叶窗凝视的眼睛；

还有个下午，一只年迈的、背上

长藤壶的蟹，在小水坑里钳住我

向它伸出的一根棍子顶端。

三点半，

路灯噼噼啪啪地响着，

路灯在黑暗中咕哝着，

路灯哼哼唧唧地唱着：

"瞧那轮月亮，

她从来不念旧怨，[1]

她眨着一只无力的眼睛，

她的微笑落进了角落。

她抚平青草一样的乱发。

月亮已丧失了她的记忆。

淡淡的天花痕毁了她面容，

她手捻着一朵散发着尘土

和克隆水味[2]的纸玫瑰，

1　此行原文为法文。

2　法国的一种香水。

她孑然一身，

尽管那陈腐的小夜曲的韵味

一遍遍越过她脑海。"

记忆归来，不见阳光而干枯了的天竺葵，

细小裂缝中的尘土，

街道上栗子的气味，

百叶窗紧闭的房间中女人体味，

走廊上烟卷的烟味，

酒吧中的鸡尾酒味。

路灯说

"四点，

这就是门上的号码。

记忆！

你有这把钥匙，

小灯在楼梯上投下一个光束。

登上去。

床已铺开；牙刷插在墙上，

把你的鞋放在门口，睡吧，准备生活。"

刀子的最后一拧。

窗前晨景

地下室厨房里，她们早餐盘子洗得乒乓响；
沿着众人践踏的街道边沿，
我感到女仆们潮湿的灵魂
在大门口沮丧地发芽。

一阵阵棕色波浪般的雾从街尽头
向我抛上一张张扭曲的脸，
又从一位穿泥污的裙子的行人脸上
撕下一个空洞、悬停在半空的微笑，
然后沿着屋顶线消失。

波士顿晚报

《波士顿晚报》的读者们
像一片成熟了的玉米地在风中摇晃。

当暮色在街头稍稍加快步子，
在一些人身上唤醒生活的欲望，
给其余的人带来了《波士顿晚报》。
我登上楼梯，按着门铃，疲惫地转过身，
像一个人转身向罗奇福考尔德[1]点头告别——
如果这条街是时间，他在街的尽头，
我说："哈里特表弟，给你《波士顿晚报》。"

---

1 罗奇福考尔德（La Rochefocauld），法国散文作家。

海伦姑姑

海伦·斯林斯比女士是我未嫁人的姑姑，
在靠近时髦地段的一栋小房子里居住，
前前后后，足足有四个仆人照顾她。
现在她去世了，天国里一片静默，
她居住的那条街尽头，也一样阒寂。
百叶窗已拉下，殡仪员擦了擦他的鞋——
这样的事以前也发生过，他清楚。
那些狗倒是照看得好好的，食料挺足，
但过了不多久，那鹦鹉却一命呜呼。
德累斯顿[1]出产的钟依然在壁炉上滴答响，
而那个男仆坐在那张餐桌上，
把那第二号女仆在膝盖上抱紧——
女主人在世时，他曾那样谨慎小心。

1　德国城市名。

南希表妹 [1]

南希·艾略考特女士

大步迈过山岭，穿过山岭，

骑马越过山岭，穿过山岭——

这些新英格兰贫瘠的山岭——

与猎狗一起

驰过牧牛场。

南希·艾略考特抽烟，

还跳所有的现代舞，

她姑姑们不知道该如何感想，

但她们知道这就是现代。

在涂釉的书架上，马修 [2] 和华尔多 [3]，

信仰的守护神——密切注视着

那不会更改法律的部队。

1　据国外评论家考证，南希表妹实有其人。艾略特诗中的南希表妹，是一个不满并反抗传统生活方式的形象，诗的最后三行写到传统的"信仰的守护神"，是画龙点睛之笔。

2　马修·阿诺尔德（Matthew Arnold），英国批评家兼诗人，艾略特曾撰文抨击他的文艺批评方法。

3　拉尔夫·华尔多·爱默生（Ralph Waldo Emerson），美国超验主义哲学家、诗人。这里突然提及这两人的名字，是指书架上他们的作品或肖像。他们在诗中当然是象征性的人物。

歇斯底里

她笑的时候我感到卷入了她的笑声并成了笑声的一部分，最后她的牙齿成了仅仅偶然的出现，仿佛富有班组训练才能似的星星。我被一次次短暂的喘气吸引，在每一个短暂的恢复中吸入，终于消失在她咽喉的漆黑洞穴中，在那看不到的肌肤的波纹中擦得遍体鳞伤。一个年迈的侍从，颤抖着手，匆忙地把一块红白格子的台布铺在生锈的绿色铁桌子上，说："如果先生和太太愿意在花园里用茶，如果先生和太太愿意在花园里用茶……"我得出结论，倘若她胸脯的起伏能够停下，这个下午的一些断片也许还可以收拾，于是我集中精力，要仔细又巧妙地达到这一目的。

献媚的谈话 [1]

我说："月亮，我们多愁善感的朋友！

或者也可能（异想天开，我承认），

是普雷斯特·约翰 [2] 的气球，

或是一只高挂的老破灯笼，

向可怜的旅人映照他们的贫穷。"

于是她说："你扯远了，真神！"

于是我说："有人在琴键上演奏

优美的小夜曲，用曲子我们来解释

夜色和月光，我们把音乐紧搂，

来体现出自己的空虚。"

于是她说："这指的是我？"

"噢不，是我，我愚蠢无比。"

"你，夫人，是永恒的幽默家，

绝对之物的永恒死敌，

把我们游移的情绪轻轻一扭！

以你无动于衷和傲慢的神情

1　这首诗是说话者和月亮（当然也可把月亮理解成一位女性）的对话，通过似乎是聪明实际是无聊的谈话，揭示了现代社会中一些人的精神空虚。

2　传说中中世纪的一个教士皇帝，曾统治过大片东方的土地。

一下子驳倒我们疯狂的诗意——"

那么——"我们就如此严肃认真？"

一个哭泣的年轻姑娘 [1]

姑娘，我该怎样称呼你呢…… [2]

站在台阶最高一级上——

倚着花园中的一只瓮——

梳理，梳理着你秀发中的阳光——

痛苦地一惊，将你的花束抱紧——

又将花束扔地，然后转身，

眼中一掠而过哀怨：

但梳理，梳理着你秀发中的阳光。

1　原文为意大利文"La Figlia Che Piange"。

2　据艾略特的朋友回忆，1911 年艾略特参观意大利的一个博物馆，在馆中看到一块雕着一个哭泣的年轻姑娘的石碑，但他找不到说明词，于是写下这首诗，并在诗的上面引了埃涅阿斯对维纳斯的一段话："姑娘，我该怎样称呼你呢？"一般认为，这是艾略特让读者去思考诗的真正内涵是什么，小诗中三个人物——姑娘、那离开她的人（情人）和诗人，很微妙地共处在戏剧性场景中；视角在变换，意识在流动，诗人和情人有时合二为一，场景也随着段落而变化，整首诗构成微妙的意境。第一节塑造了一幅美和痛苦的图景，从诗的创作过程来看，我们可以这样理解：诗人幻想着情人分手的情景，是这幻想的第一幕的导演，要姑娘摆出一种浪漫主义的姿势，第一节的祈使语气说明了此点，接着，第二节明了地将诗人（情人）的想法写了出来，诗的虚拟语气提示这个场景仅存在于幻想之中，诗人和情人的双重身份故意写得含混。"我愿意找到一条无可比拟的轻闲途径"一句，即可视作诗人在研究他的创作，也能理解为以一个情人的身份，他在考虑怎样和姑娘分手。第三节中，姑娘真的转身去了，并无诗人幻想中罗曼蒂克式的夸张，"深秋的气候"暗示着肃杀的场景，诗人依然是苦恼的，美和痛苦的幻象重新萦回在他眼前。

就这样我愿意让他离开，

就这样我愿意让她伫立，悲哀，

就这样他愿意远遁，

像灵魂离开那被撕碎和擦伤的躯体，

像大脑遗弃它曾使用过的身子。

我愿意找到

一条无可比拟的轻闲途径，

一种你我两人都能理解的方式，

简单而无信，恰如握手和一笑。

她转过身去，但随着深秋的气候，

许多天，激发着我幻想，

许多天，许多小时；

她的头发披在臂上，她的臂上抱满鲜花。

我真诧异这一切怎么会在一起！

我本应失去一个姿势和一个架子。

常常这些沉思默想依然

在苦闷的午夜和中午的休息时使我惊讶。

辑二　诗

(1920)

小老头 [1]

> 你既无青春也无老年，
>
> 而只像饭后的一场睡眠，
>
> 把两者梦见。 [2]

这就是我，老头子，在干旱的月份

听一个孩子为我读书，等着雨，

我未曾到过火热的城门 [3]，

也未曾在暖雨中鏖战，

更未曾在没漆的盐沼里挥舞弯刀，

挨飞蝇的叮咬，苦战。

我的房子是一幢倾颓的房子，

1　标题为希腊文，这是一首运用了戏剧性内心独白的诗，展示出一个老人正在回顾他的一生，试图寻找一种可以信奉的东西，但就像他所居住的那个世界，他已丧失了爱情和信仰。艾略特原拟把此诗作为《荒原》的引诗，后经庞德劝阻，将它单独发表了，诗一开始的戏剧性场景是：一个"悲观绝望""无能为力"的小老头在等待象征着具有复活生命能力（即《荒原》中的水）的雨，一边让一个孩子读书，书中的内容唤起了小老头多少与之有关的思想和联想。

2　这是莎士比亚《一报还一报》中的三行诗。戏中公爵告诉即将受刑的人，生活不值得留恋（这里的"你"指的就是生活），人压根儿就没有过生活，所有的至多是梦中的经历。引诗点明了全诗的主题。

3　一个富于性欲意味的意象，同时也是斯巴达人勇败波斯人（公元前480年）的西摩庇拉山口的字面意思的译法，是书中可能涉及的英雄故事发挥开去的联想，与小老头的处境形成对比，因为小老头的过去一事无成，现在的境况更是肮脏和堕落。从"我的房子……"起转写现在。

那犹太房东蹲在窗台上，

他出生于安特卫普的一家咖啡馆，

在布鲁塞尔长疮，在伦敦给人修补又剥了皮。[1]

头上那片田野里，山羊一到夜间就咳嗽，

岩石、青苔、景天、烙铁、还有粪球。

那个女人操持厨房，煮着茶，

到傍晚打喷嚏，一边还拨噼啪的火。

                        我是老头子，

风口里一个迟钝的脑瓜。

兆现在被人看作奇迹。"显个兆给我们看！"[2]

道中之道，[3] 说不出一个词，

裹在黑暗中。在一年的青春期[4]

基督老虎在堕落的

五月里到来，那时山茱萸、栗子、开花的紫荆，

被吃掉，被分掰，被喝下，

1　暗指性病的症状和治疗。

2　参见《圣经·约翰福音》第四章第四十八节，法利赛人嘲弄耶稣说："显个兆给我们看看！"耶稣回答说，"一个邪恶而淫乱的时代追求征兆。"

3　参见《圣经·约翰福音》第一句，这句话后来也是艾略特推崇的兰斯洛特·安德鲁斯（Lancelot Andrewes）主教一次布道的主题。

4　从第十八行到第二十二行，小老头把基督想象成一种可怕的、尽管又是令人羡慕地强大的野兽。基督在春天受难，因此是"在一年的青春期"；而那时他传的"道"，在一个贬低基督教信仰的世界里，是无法理解的。小老头仿佛模模糊糊感到拯救在于"道中之道，说不出一个词"。参见布莱克的《老虎》一诗，上帝的力量和愤怒、同情和温和，分别在虎和羊的形象中得到体现。

在窃窃私语中，那是西尔弗罗先生

用爱抚的手，在利摩日城，

他曾在隔壁的房间里通宵踱步；[1]

那是博川先生，在提香式的画像中鞠躬，

那是德·汤奈斯特夫人，在黯黑的房间里

移动腊烛，冯·库尔普小姐

在大厅里转过身，一只手放在门上。

      空空的梭子

织着风。我没有魂，

一座通风的房子里的一个老头子，

在多风的山丘下。

有了这样的知识，得到什么宽恕呢？想一想，[2]

历史有许多捉弄人的通道，精心设计的走廊、

出口，用窃窃私语的野心欺骗我们，

又用虚荣引导我们。想一想，

1　这一段和下一段中出现的人名都是杜撰的。利摩日是法国的一个以瓷器出名的城市。

2　此段中小老头的意识流向了历史，幻灭是由于意识和理性的空虚和徒劳导致的，只是他还要对历史来一番内心独白的思考，人们是否能从历史中得到绝对真理的知识呢？这样的知识是否能在寻找精神拯救的过程中指导人们呢？艾略特以为它的价值令人怀疑："小老头曾经满足于一个追求，但在他的晚年以失败告终，因此陷入了现在的困境。"也有评论家认为，艾略特这几行诗中的历史观受到《亨利·亚当斯的教育》一书的影响，尤其是亚当斯论述人类知识的越来越复杂的一段；在亚当斯看来，二十世纪初，历史学家面对一个远为广大的宇宙，旧日的一条条小路（象征性的）则变得无法再往前走了。

我们注意力分散时她就给予，

而她给的东西，又在如此微妙的混乱中，

因此给予更使人们感到贫乏。太晚地给，

那些已不再相信的、或如果还相信的

只是在记忆中，重新考虑的激情；太早地给，

给入软弱的手，那些可以不用思想的东西，

最后拒绝也产生出一种恐惧。想一想，

恐惧和勇气都不能拯救我们，违反人性的邪恶

产生于我们的英雄主义，德行

由我们无耻的罪行强加给我们。

这些眼泪从怀着愤怒之果[1]的树上采下。

老虎在新年里跳跃。他吞下我们。最后想想，

我们还未达到结论，而我

在一家出租的房子硬挺。最后想想，

我不是漫无目的地做了这番表演，

也不是因为在那向后看的魔鬼的

挑动下才做出的。

这一点上我将直率地对你说。

我曾经是靠近你心的，但已从那里移开，

在恐惧中失掉美，在宗教裁判中失掉恐惧。

---

1 "怀着愤怒之果的树"，暗指《圣经·创世纪》中的"善恶知识之树"。夏娃违反主的话，从树上摘下禁果，于是主对人发了火，从这行起小老头再次从历史想到宗教，既然他拒绝信仰，他只能被作为时间概念的历史吞噬，生活实际上是漫无目的的表演，"他吞下我们"是不信仰者绝望的最后写照。

我已失去了我的激情；为什么我必须保持它——

既然那保持的东西也必然会腐败？

我已失去了我的视觉、嗅觉、听觉、味觉和触觉；

为什么我要为了更近地接触你运用这些功能？

这些，还有一千种微不足道的深思熟虑[1]

延长它们冰冷了的昏话的利益，

当感受冷却了，用有味的汁液

刺激着那层薄膜，在一片镜海中[2]

大大增加了变化。蜘蛛会做什么呢，

暂停其作业？象鼻虫会

迟迟不来吗？德·拜哈什、弗莱斯卡、卡莫尔夫人

旋转着飞到抖颤的大熊星轨道之外，

变成了碎裂的原子。迎风展翅的海鸥，在多风的

贝尔岛海峡[3]，或合恩角[4]上盘旋，

雪中的白色羽毛，为湾流索去，

一个老人，被信风驱赶到

1　最后一段，在小老头脑海中，半睡半醒的意识和潜意识流动着，缺乏信仰的生活被褫去了一切意义，一切都变成了碎裂的原子，海鸥这生命的象征、纯洁的象征也被湾流吞噬了，老人只能被历史的信风吹到一个昏昏欲睡的角落，毫无希望地等待着生命的甘雨，结尾两行中"房子"和"住户"是外部和内部世界的总对应物，干枯的头脑和干枯的季节一样急需复活生命的雨水。

2　"镜海"一词出自本·琼生的戏剧《炼金术士》。戏中一个淫棍在床的四面放了镜子，这样就能到处看到寻欢作乐的种种情景。从上面和下面的一行来看，"镜海"一词是很有暗示性的。

3　加拿大东部海峡。

4　智利南部合恩岛上的岬角，位于南美洲最南端，是太平洋与大西洋的分界线。

一个昏昏欲睡的角落。

房子的住户，

干枯季节里干枯头脑的思索。

笔直的斯威尼 [1]

还有我身边的树，

让树木干枯、枝叶飘落，让岩石

在波涛不断的拍打下呻吟，在我身后

形成一片荒凉。看吧，看吧，姑娘们 [2]

为我画一片洞穴遍布的荒凉海岸，

　　背景就取那不平静的西克兰特岛；

为我描绘峭拔的、嶙峋的岩石，

　　面对着大海翻腾的波涛呼号。

在我的头顶上描出艾勒斯， [3]

　　艾勒斯察看着作乱的狂风，

1　诗的标题暗示着淫乱无度的性生活。此外也可参看爱默生的文章《论自助》。爱默生说："如果一个人，知道力量是内在的，知道因为人得寻找身外的美德而是软弱的，那么当他意识到这点后，毫不犹豫地开动思想，立即改正他的缺点，用笔直的姿势站立，命令他的四肢，创造奇迹；正像一个用脚站立的人比一个用头站立的人要强。"这当然是爱默生理想中的人的形象。这首诗的第二十六行提到了爱默生。艾略特显然是把"笔直"的"现代人"和爱默生笔下理想的人进行对比，对现代人的荒淫和堕落做出嘲讽和抨击。

2　诗首引语出自英国十七世纪初期戏剧家弗朗西斯·博蒙特（Francis Beaumont）和约翰·弗莱彻（John Gould Fletcher）合著的悲剧《少女的悲剧》。这段话是剧中女主角阿丝帕蒂失去她的爱人后说的。

3　希腊神话中的风神。

狂风吹乱了阿里阿德涅¹的头发，

    又猛鼓起作伪证的船帆。²

早晨挪动双脚和双手

    （诺西迦³和波力菲墨斯⁴）。

大猩猩所作出的姿势

    裹着浴巾从蒸汽中升起。

这一绺绺毛发枯萎的底部。

    在下面分开，在目光下深深切入，

在牙齿中这个椭圆形的 O 猛突：

    来自大腿镰刀般的动作。

一把把摺刀朝上放在膝上

    接着从脚踵到臀部挺直

---

1   在希腊神话中，阿里阿德涅是克里特皇帝米诺斯的女儿。她爱上了忒休斯，帮助他逃出迷宫并嫁给了他，忒休斯后来抛弃了她。她在拿克瑟岛自缢身死。

2   忒休斯杀死人身牛头怪物后，起帆回家，但他忘了在船上挂起表示凯旋的帆，他父亲远远地看到船，以为儿子已死，在绝望中自杀。

3   在希腊神话中，诺西迦是西西里岛上阿尔西诺斯皇帝的女儿。尤利西斯在岛上遇难，赤身裸体，仅遮着片苜蓿叶子；她把他带到了皇宫中加以款待。

4   希腊传说中的独眼巨人，住在西西里岛。当尤利西斯在此登陆时，他吞下了尤利西斯船队中的六个人。另一个故事里，波力菲墨斯爱上了海仙女葛塔丽亚，但她钟情于牧羊人阿西斯，巨人一怒之下将阿西斯在岩石后击得粉碎。两则故事均见《奥德赛》，也都是发生在早晨，因此上句的"早晨"引出描绘斯威尼的早晨。从这段起，诗转入斯威尼与一个歇斯底里的妓女胡闹的场景，在比较晦涩的句子中有很强的暗示性。

猛推着那张床的框架，

　　　　紧紧地咬枕头套子。

斯威尼全身打扮好了，要刮一刮，

　　　　屁股滚圆，颈部到底部都那么粉红。

斯威尼可深知女性的德性，

　　　　他擦去了脸上的肥皂泡沫。

(一个人拖长的影子

　　　　是历史，爱默生曾经论证，

他那时可未曾见到过斯威尼

　　　　在阳光下跨立 [1] 的侧影。)

他在他腿上试试剃刀

　　　　等尖叫声声慢慢消减

床上的那个癫痫症患者

　　　　朝后缩成一团，抓住身体两侧。

走廊里的各位淑女 [2]

　　　　觉得自己沾上了边而丢脸，

唤来了证人为她们的原则作证，

　　　　并痛斥人们的趣味不加检点。

1　"跨立"一词暗示了斯威尼与妓女的姿势。

2　"淑女"系反嘲之笔，实际上是一群妓女，要"为她们的原则作证"，
似乎是要说她们一般是拒绝剃刀乱剃这种胡闹的。

看到那一种歇斯底里

人们容易误解真情，

特尔纳夫人[1]暗示着说，

这对那座房子还真有点损。

可是多丽丝[2]，裹着一块浴巾

大脚板啪啪地走进屋里，

手里带着一瓶法国香水

还有一杯纯白兰地。

1　妓院老鸨。
2　"多丽丝"在其他"斯威尼组诗"中也出现过，她手中的"香水"和"白兰地"又是暗示性很强的东西。

一只处理鸡蛋[1]

> 在我十三岁的那一年
>
> 我饮下了我所有的羞愧……[2]

媳媳特[3]端坐在她椅子里，

　　与我坐的地方隔一段距离；

一本《牛津学院风光》放在

　　桌上，还有她编织的东西。

她祖父和她曾祖母的

　　银盘板相片[4]和侧面黑影像

壁炉架上还支放着

　　"舞会的请帖"[5]一张。

　　　………

1　指一种微微有味的鸡蛋，只能煮了吃，不能拌生菜。

2　引自法国诗人弗朗索瓦·维庸的《伟大的声明》的起首两行。诗人在诗中回顾了他的罪行，颇有后悔之意，但他又难以摈弃他的情欲和贪欲。

3　原文为"Pipit"，也许是个对女孩子的爱称。此外，希腊文中"蛋黄"的发音是"媳媳"；在星相学家看来，这还是个带魔力的词。有评论家认为艾略特用这个名字，是双关的。

4　银盘板相片是最先出现的一种相片，于1840年到60年左右在欧洲流行。

5　也许是一场音乐会的名字，十九世纪有好几支歌曲和钢琴曲都是叫这个名字。

我不会缺少天国中的荣誉，

  我将遇到腓力普·西德尼爵士，[1]

还会与科里奥兰纳斯[2]交谈

  以及其他那一类脾气的人物

我不会缺少天国中的资本，

  我将遇到阿弗莱德·蒙特爵士，[3]

我们两人依偎在一起，销魂于

  年息百分之五的英国国债券。

我不会缺少天国中的社交，

  苏喀莉蒂·波基亚[4]将是我的新娘；

她的轶事会比媲媲特的经历

  所能提供的更有趣生动。

我不会缺少天国中的媲媲特：

  勃拉弗斯基女士[5]准会解说，

---

1 菲利普·锡德尼（Philip Sidney）爵士是英国伊丽莎白时代一位模范人物，他是杰出的政治家、朝臣、诗人、艺术的赞助者。他临终时（死于迎击西班牙舰队的一场战役中）还将一杯水让给其他负伤的战士，体现了人道主义精神。

2 莎士比亚名剧《科里奥兰纳斯》的主角，一位为毁灭性的、自私的英雄主义所驱使的人物。

3 阿弗莱德·蒙特（Alfred Mond）爵士，英国著名工业资本家，"帝国化学工业"的创始人。

4 苏喀莉蒂·波基亚（Lucretia Borgia），意大利奥名昭著的波基亚家族中一员，她曾订婚六次，结婚四次，与意大利最高贵和有势力的家庭都有关系。

5 勃拉弗斯基女士（Madame Blavatsky），俄国著名的招魂者。

引导我怎样七重神圣游仙[1]

  匹克达·特·陶娜蒂[2]会指点我。

　　…………

但哪儿是我买下的便士世界[3]

  与媲媲特一起在屏风后吃饭？[4]

红眼睛的食腐动物正匍匐爬过

  肯提许镇和哥尔德的草坪[5]；

哪儿是雄鹰和号角？[6]

  埋在积雪深深的阿尔卑斯山下。

对着涂了黄油的烤饼和碎片，

  声声哭泣，声声哭泣的众人

走进了成百家 A．B．C[7]分店

1　招魂术中的一个术语。

2　匹克达·特·陶娜蒂（Piccarda de Donati），《神曲》中的一个人物，原是修女，后违背了自己的誓言，但丁认为这样的人应该待在天国的最低一层。

3　这个词原先是在糖果和面包行业中使用的，可指各种各样的糖果和饼干，艾略特用这个词，是取它的"形而上"意味。

4　十九世纪，英国某些家庭有一个习惯：孩子和大人们同时吃饭，但他们的桌子是分开的，中隔一道屏风。

5　伦敦的北部地区。

6　雄鹰是罗马帝国的象征，尤其经常画在军旗上，与下面一行诗联系起来看，可能指罗马帝国的一支军队在阿尔卑斯山下覆灭，与上段象征性的"食腐动物"成对照。

7　艾雷提特面包公司所属的廉价饭馆，在伦敦为数众多。

河马 [1]

那只肩背宽厚的河马
把肚皮贴在泥淖上休息，
虽然他显得坚不可垮，
却也仅仅是血肉之躯。

血肉之躯可又弱又脆，
经受不起神经的震荡；
而真正的教会 [2] 永不倾颓，
因为建筑在岩石之上。

为了把物质目的达到，
河马无力的脚步也许偏离，
而真正的教会从不需要
动一动身子来收取红利。

河马永远也不能够
吃到杧果树上的杧果。
但来自海外的梨子和石榴

1　这首诗表面上把世俗的生活比作河马，与教会形成对照，但艾略特还有一层更深的嘲讽在内。不过，这里主要指的是罗马天主教教会。
2　罗马天主教教会自称是"真正的教会"。

使教会精神焕发、生机勃勃。

当交配时，河马高高的
嗓门漏出嘶哑和奇特的变音，
但每一个星期，我们听到
教会与上帝合为一体，充满欢欣。

河马的白天在昏沉沉的
睡眠中度过，到了夜间捕食；
上帝用一种神秘的方式工作——
让教会能同时获得睡眠与饮食。

我看到过河马临空翱翔，
从潮湿的热带草原上飞起，
合唱的安琪儿围着他歌唱，
一声声和散那赞扬上帝。[1]

羊羔的血液[2]将会把他洗净，
天堂的臂膀将会把他拥抱，
人们将会看到，在圣火中
他在金色竖琴上弹着曲调。

献身的处女们的贞洁高尚

1　祷告词。
2　耶稣被视作牺牲的羊羔，他的血液洗净了人们的罪恶。

将把他洗得雪一般洁白，晶莹；

而真正的教会依然留在下方，

裹在那古老的瘴气中。

不朽的低语 [1]

韦伯斯特 [2] 老是想着死亡，

因此他透过皮肤看到骷髅，

看到地下再无呼吸的躯体

向后靠着，露出烂掉了唇的大笑。

水仙花球 [3]，而不是眼球，

从眼眶里向外直勾勾瞪视！

他知道思想紧绕死去的肢体

正把其欲望和奢侈加绕紧。

1　标题戏仿华兹华斯（William Wordsworth）《童年时代的回忆对永恒的暗示》。华兹华斯主要写的是人怎样在经验中失去天真，艾略特则是借题发挥。诗是通过对比和平行的结构来取得独特的效果。在前面四段中，艾略特写到了十七世纪的那些诗人和戏剧家，他们老是想着死亡，他们知道所有的知识都来自感觉（肉体），但感觉总是要衰败的，无法满足最终的渴望，因此对他们来说，这种认识带来了痛苦。在后面四段中，格莉许金，一个有名的妓女，除了肉体还是肉体，就像动物一样，而抽象的哲学偏偏也受她的魅力吸引。艾略特一方面写出了对这样一种女性的厌恶，但格莉许金又代表着抽象的哲学所缺乏的一切。艾略特攻读过哲学，这首诗也有对哲学的反思意味。

2　约翰·韦伯斯特（John Webster），英国戏剧家，作品中充满了关于欲望、暴力和死亡的描写，艾略特故意把他关于死亡的苦思冥想与格莉许金这一女性形象形成对照。

3　参看韦伯斯特《白魔鬼》一剧中的诗行："一个死人的骷髅在花根下。"

邓恩[1]，我想，正是又一个这样的人，

他发现一切都不能把感觉替代，

去抓住，去捏紧，去渗透；

超越了一切经验的专家，

他知道骨髓中的痛苦，

还有那骷髅的疟疾，

皮肉所可能有的接触

都不能减轻骨头的高热。

格莉许金真娇美，充满俄国情调的

眼睛下描了一道黑，更增强了效果，

她不穿紧身胸衣，友好的胸部

给人心灵上无比幸福的承诺[2]。

那蹲下的巴西美洲虎

用狸猫强烈的臭气，

紧逼着四散奔走的狨，

格莉许金拥有一间小屋子；

1　约翰·邓恩，英国玄学派诗人。艾略特的论文《玄学派诗人》中
有这样一段话："丁尼生和勃朗宁是诗人，他们思想；但是他们不是
像闻到一朵玫瑰的芳香似的直接感受到他们的思想，对于邓恩来说，
一个思想是一种经验，修饰他的感性。"在此诗中，艾略特把邓恩那
种深入血肉之躯的感性引申开去了。
2　此词出自希腊文，放在这里有反嘲之意。

那皮毛光滑的巴西美洲虎，

置身于茂密的黯黑树荫中，

也未能像格莉许金在一间客厅里

散发出如此强烈的气味。

甚至那抽象的存在[1]

也围绕着她的魅力运转；

但我们的命运在干肋骨中爬，

来保持我们的形而上学温暖。

1　抽象的存在是个半带哲学意味的玩笑，表示格莉许金的吸引力甚
至比哲学还要强。

艾略特先生的星期日早晨礼拜[1]

瞧，瞧，主人，来了两个搞宗教的毛虫。

——《马耳他的犹太人》[2]

子女众多的[3]

主的聪明随军商人[4]

飘过了窗玻璃。

在开始时是道。[5]

在开始时是道。

一个人的异期复孕[6]，

在时间的量的转折点上，

1　这首诗写得较晦涩，大意如下：人们似乎可以在宗教仪式中瞥见天堂，但是人们生活的背景却远远不是如此。随军商人、蜜蜂和基督教学者的相同性和不同性故意混在一起；"无两性特征"的蜜蜂、抓住赎罪的便士的青年和身穿黑衣服的教士更暗示着性欲的荒淫无度。以至人们都变得像随军商人那样了，而神学学者们却在一旁争论不休。诗还是写信仰的困难。

2　《马耳他的犹太人》是英国剧作家克里斯托·马洛的作品。

3　原诗此词为艾略特杜撰，暗示随军商人的后代特别繁多。

4　此诗中"随军商人"一词有多种意思，在第二十五行中，他们为飞过教堂窗户传授花粉的蜜蜂的象征，又与第一节相呼应。另一种"随军商人"指的是那些饱学的基督教学者，他们对《圣经》的争论和注释众说纷纭。这也是二世纪到六世纪的基督教历史中的一个特点。

5　参见《圣经·约翰福音》："在开始时是道，道和上帝在一起，道就是上帝。"

6　生理学名词。

产生了无力的奥利金[1]。

翁布里亚派[2]的一个画家，

在石膏粉地上画出

施洗中上帝头上的光轮。

荒野开裂，一片棕黄。

通过苍白又稀薄的水流

仍闪耀着不冒犯人的双足，

那里，在画家的上面坐着

圣灵还有圣父。

身穿缁衣的长老走近

忏悔的大道；

年轻人脸色通红，长着脓疱，

把赎罪的便士[3]抓牢

在苦行赎罪的大门下[4]

1　奥利金（Origen），基督教早期杰出的神学家，著作浩繁，对《圣经》作过很长的注。"无力的"一词指奥利金为了精神的健全，给自己动了官刑。
2　意大利中部十五世纪绘画流派，此处说的是这个流派一幅耶稣受洗图。对这个题材的一般处理是耶稣站在一条小河里，施洗者约翰在他头上洒水。天空中的圣灵常被描绘成一只鸽子，上帝从云缝中向下俯视。
3　一种赎罪的钱币。
4　这里也许又是指一幅画，描绘炼狱的大门，灵魂必须通过此门，洗净罪恶。

瞪视的六翼天使支撑的大门，

那里虔诚的人的灵魂

渐渐燃烧得无光，无形。

沿着花园墙，毛茸茸肚皮的

蜜蜂，在雄蕊的

和雌蕊的花中间飞过，

无两性特征的人受祝福的办公室。[1]

斯威尼从左臀转到右臀

晃动着他浴盆中的水，

那些学校里深奥的师长

都引发争议，是博学的人。

---

1 这行诗指蜜蜂的"中间人"功能——把花粉传播。

夜莺声中的斯威尼[1]

> 唉，我受到了致命的一击！

阿泼耐克·斯威尼敞开两腿，

垂下双臂，哈哈大笑不停，

下巴上斑马一样的根根线条

涨得粗粗的，就像长颈鹿的条纹。

一圈圈预示着暴风雨的月晕

朝西边的泼莱特河[2]悄悄滑行；

1　要理解这首诗，必须熟悉艾略特的一个艺术手法：用典故法。诗首引语是特洛依战争时希腊统帅阿伽门农被刺临终前的一句话，"我受到了致命的一击"，为全诗内容的提示。夜莺的典故出自奥维德《变形记》第六章之"翡绿眉拉"。故事大意说国王铁罗斯娶泊劳克纳为妻，生下儿子依帖士。数年后，国王请他妻子的妹妹翡绿眉拉做客，见她貌美，将她诱入一山洞强奸，并割去了她的舌头。泊劳克纳知情后十分愤怒，杀死儿子，铁罗斯知悉后又杀了两姐妹。泊劳克纳变为夜莺，翡绿眉拉变为燕子。也有评论家认为诗中的"夜莺"典出伊丽莎白·勃朗宁（Elizabeth Barrett Browning）的诗，《夜莺声中的贝安卡》，诗写到了阿伽门农之死，诗中夜莺的叫声是跟仇恨与死亡紧紧相连的。此外，英语俚语中"夜莺"亦有妓女之意。这样，艾略特的诗就暗示了阴谋、女人、谋杀等内容。同时，艾略特用典又隐含着古今对比法，如上面的典故是悲剧，可剧中人却是真正悲壮的个性极强的人物，而诗里的斯威尼虽生犹死，毫无掌握命运的能力，只是临死时才与希腊的英雄有一种表面上的相似（虽然可以说悲剧的起因都在于女人和奸人的阴谋）。诗结束时，斯威尼仿佛稍见清醒，要脱身离去，但"夜莺的歌声越来越近"——悲惨的命运仍然笼罩着他。

2　美国南部的一条河流。

103

死亡和乌鸦[1]在上空飘过，

斯威尼守卫有角的门。

阴郁的[2]猎户星座和天狗星座

蒙了面纱；要缩小的海洋别作声，

那个披着西班牙斗篷的娘们

想要坐在斯威尼的双膝上

但滑下来，拖住一块桌布，

掀翻了一只咖啡杯，

她在地板上重新组织起来，

呵欠着，拉起一只长袜子；

穿深咖啡衣服的男人，默默

斜卧在窗台上瞪目凝视；

侍从给房间里送进橘子

香蕉果还有温室里的葡萄；

那穿棕色衣服的脊椎动物

收缩一下，凝神细思，然后走掉；

拉歇尔，本姓拉比诺维支，

用杀气腾腾的爪子撕着葡萄；

1　一星座名。此外也可能与美国诗人爱伦·坡的名诗《乌鸦》有关，使人联想到阴森可怖的背景。

2　猎户星座是明亮的，此处可能是指希腊神话中的猎人俄里翁，因窥看阿尔忒弥斯沐浴而被杀死，这种命运自然是阴郁的。

她和披斗篷的娘们

行迹可疑，却不是一帮人；

于是那目光滞重的人

拒绝棋局弃兵，显得疲倦；

离开了房间，而又重新出现

在窗子外，伸进身子，

几束老槐树的树藤

划了一个金色的笑容；

主人与一个身份莫测的人

在半开的门边窃窃私语，

夜莺的歌声越来越近

那圣心女修道院[1]，

夜莺也曾在血淋淋的林子里鸣，

阿伽门农高声呼叫，夜莺

撒下湿漉漉的排泄物

玷污了僵硬而不光彩的尸布。

---

1 天主教的一个流派，美国南部有它的许多分支。

辑三　荒原[1]
（1922）

1　原注：这首诗不仅题目，甚至其规划和有时采用的象征手法也很大部分受到魏士登女士有关圣杯传说一书的启迪，该书即《从祭仪到神话》。我确实从中得益甚深，它比我的注释更能解答这首诗中的疑难之处。谁认为这首诗还值得一解的话，我就向他推荐这本书（更何况书本身也饶有兴趣）。大体说来，我还受益于另一本人类学著作，这本书曾深刻地影响了我们这一代人。我说的就是《金枝》。我特别利用了涉及到阿多尼斯、阿提斯和奥西里斯的两卷。熟悉这些著作的人会立刻在这首诗里看出有些地方还涉及有关繁殖的礼节。

"因为我亲眼见到大名鼎鼎的古米的西比尔吊在一只瓶子里，孩子们问她，'西比尔，你要什么，'她回答说：'我要死。'"[1]

献给埃兹拉·庞德
更卓越的匠人

---

1 按照神话，阿波罗爱上了西比尔，施予她预言的能力；而且只要她的手中有尘土多少年，她就能活多少年。然而她忘了问阿波罗要永恒的青春，所以日渐憔悴，最后几乎缩成了空躯，却依然求死不得。

一、死者葬仪 [1]

四月是最残忍的月份，哺育着

丁香，在死去的土地里，混合着

记忆和欲望 [2]，搅动着

沉闷的根芽，在一阵阵春雨里。

冬天使我们暖和，遮盖着

大地在健忘的雪里，喂养着

一个小小的生命，在干枯的球茎里。

夏天让我们吃惊 [3]，从斯丹卜格西卷来 [4]

一阵暴雨，我们在柱廊里停步，

待太阳出来，继续前行，走进霍夫加登 [5]，

喝咖啡，闲聊了一个小时。

我根本不是俄国人，出生在立陶宛，纯粹德国血统。[6]

孩提时，我们住在大公爵那里——

---

1 此章的标题是英国国教宗教仪式中的一句话。

2 "记忆和欲望"是很重要的伏笔，从八行到四十三行都可视作荒原上的人（诗人）记忆和欲望的内容。

3 这里引出玛丽这个象征性人物的回忆，玛丽拉里希伯爵夫人是奥地利女王伊丽莎白的侄女，她的回忆录《我的过去》描绘了第一次世界大战后，奥国贵族的财产和影响怎样日渐消失，以及他们浪漫史的破灭。按照瓦莱丽·艾略特的说法，艾略特曾和伯爵夫人有过一次谈话，这段诗主要依此写成。

4 斯丹卜格西是慕尼黑附近的一个湖。

5 霍夫加登花园是慕尼黑的一个公园。

6 这一行诗原文为德文，艾略特有影射现代社会和文明的混乱和衰落之意。

我表兄家，他带我出去滑雪橇，

我十分惧怕。他说，玛丽，

玛丽，紧紧抓住。于是我们滑下。

群山中，你感到自由自在。

大半个夜里，我读书，冬天就去南方。

这些攫住不放的根是什么，什么树枝

从乱石的垃圾堆中长出？人子啊，[1]

你说不出，也猜不透，因为你仅仅知道

一堆支离破碎的意象，那儿阳光直晒，

枯树不会给你遮荫，蟋蟀的声音毫无安慰，[2]

干石没有流水的声音。只有

影子在这块红石下[3]，

（走到这红石的影子下来吧），

我会显示给你一种东西，既不同于

你在早晨的影子，在你身后迈着大步，

也不同于你在黄昏的影子，站起来迎接你；

我要在一把尘土里让你看到恐惧。

1　原注：参阅《圣经·以西结书》第二章第一节。（"人子啊，你站起来，我要和你说话，"上帝对以西结说。又在《以西结书》第三十七章中，"上帝问以西结，：'人子啊，这些骸骨能复活吗？'回答是：'主耶和华啊，你是知道的。'"）

2　原注：参阅《圣经·传道书》第十二章第五节。（"人怕高处，路有惊慌，杏树开花，蚱蜢成为负担，愿望都受挫折……"）

3　艾略特的朋友约翰·海沃德（John Hayward）认为红石就是圣杯，但艾略特本意似乎并不一定指此。

风儿吹得轻快，

将我吹向家园，

我的爱尔兰小孩，

你为什么还留恋？[1]

"一年前你赠我风信子；

他们叫我风信子女郎。"

——可当我们回来晚了，从风信子花园而归，

你的臂膊抱得满满，你的头发湿透，

我说不出话，眼睛也看不见，我

半死不活，什么都不知道，

注视光明的中心，一片寂静。[2]

凄凉而空虚是大海。[3]

梭斯脱里斯夫人[4]，著名的千里眼，

害着重伤风，依然

是欧洲人所共知的最聪明女子，

1　原注：见《特里斯坦和伊索尔德》第一幕，第五到第八行。（瓦格纳这部歌剧的第一幕描写特里斯坦和伊索尔德同船离开爱尔兰的情景。这是船行驶时一个水手唱的情歌，歌唱幸福和纯洁的爱情。这段歌词引出了风信子女郎的形象。）

2　与瓦格纳的歌词呼应，这是诗中说话者在荒原上虽生犹死的生活中仍珍惜的青年时代经历的回忆，艾略特用一瞬即逝的美的形象与缥缈的城中堕落的场景进行对比，又暗示着美好回忆只能是过去的，失败了的经验。

3　原注：见《特里斯坦和伊索尔德》第三幕第二十四行。（剧中特里斯坦在与伊索尔德私通时被人抓住，并受了重伤，特里斯坦回家等着伊索尔德为他治伤；他的忠仆——一个牧羊人去为他在海边瞭望伊索尔德的归帆，不见任何踪迹，只能回答："凄凉而空虚是那大海。"）

4　女相士的名字出自赫胥黎的小说《铝黄》中一段幽默的描写。"我"，荒原上的人看不见，千里眼能看到吗？诗在这里一转。

携带一副邪恶的纸牌[1]。这里，她说，

是你的牌，那淹死的腓尼基水手，[2]

（这些曾是他眼睛的珍珠，看！）[3]

这是贝勒多纳，岩石的夫人，[4]

一个能够掌握形势的夫人。

这是带三根杖的人，这是"转轮"[5]

这是独眼商人[6]，这张牌

上面空空如也，是他藏在背上，

不许我看见的东西。我找不到

"那被绞死的人"。惧怕水中之死。

1　原注：我不熟悉太洛纸牌的确切组成方式，我显然对此有所偏离，以适应我自己的方便。按照传说，纸牌中的一员"那被绞死的人"在两方面适合我的用途：因为在我的思想中，他和弗雷泽的"被绞死的神"联系在一起，我又在第五章把他和使徒去埃摩司途中遇到的那个穿斗篷的人（耶稣）联系在一起。腓尼基水手和商人出现较晚；还有"成群的人"和第四章"水中之死"。"带着三根杖的人"（太洛纸牌中有确切根据的一员），我也相当武断地把他和渔王本人联系起来。

2　腓尼基人是古地中海的水手和商人，腓尼基水手在第四章中以弗莱巴斯的形象重新出现。

3　莎士比亚《暴风雨》第一幕第二场中，年轻的王子斐迪南"坐在海滩上，／又一次哭着我帝王父亲的沉船，／这音乐从水上飘过我的身边……"这音乐就是精灵阿丽尔唱的哀歌（假的）"五寻的水深处躺着你的父亲，／这些曾是他骨骼的珊瑚；／这些曾是他眼睛的珍珠……"作为一个沉思着人生须臾之悲哀的形象，艾略特并不特指斐迪南，虽然斐迪南在第三章中再次出现。

4　贝勒多纳是意大利文"美丽的女人"的意思，也是一种含毒的花，艾略特称她为"岩石的夫人"是戏仿达·芬奇的一幅画"岩石的夫人"。

5　"转轮"即"命运之转轮"，也许还是佛教中"生死之轮回"，灵魂试图从此逃脱。

6　独眼商人即第三章中的士麦那商人尤吉尼地先生，这张牌，像淹死的腓尼基水手之牌，其实不是太洛纸牌的组成部分。但按照1979年版的《诺顿美国文学选集》的考证，太洛纸牌中真有这张牌，上面描绘着一个成功的商人，另一张则与男性生器和埃及神欧西利士的复活联系在一起。

我看到一群人，绕着圈子行走。

谢谢你。如果你看见埃奎顿夫人，

告诉她我自己带着那张占星天官图：

这年头一个人就得如此小心。

虚无缥缈的城，[1]

在冬天早晨的棕色雾下

一群群人流过伦敦桥，这么多人，

我没想到死亡毁了这么多人[2]。

叹息，又短又稀地吐出口，

每个人的目光都盯在自己足前。

流上山岭，流下威廉王大街，

流到圣马利吴尔诺斯教堂[3]，死沉沉的声音

在九点的最后一下，指着时间。[4]

那里我见到一个旧识，叫住他："史丹逊![5]

你，曾和我同在迈里那儿的船上！

---

1 原注：参看波德莱尔的诗《七个老人》，"这拥挤的城，充满了迷梦的城，／鬼魂昼夜招呼过路的人"。从第六十行起，伦敦城的描写和荒原的描写互相象征、呼应。

2 原注：参看《地狱》第三节第五十五到第五十七行，但丁描写在地狱边境上的灵魂："这样长的一队人，／我从未想到／死亡毁了这么多人。"（他们在地狱的边境上，因为"他们生活，没有赞美或谴责"，或不知道信仰。艾略特引用这行诗对现代人的世俗主义和不分善恶进行批评，从下面"每个人的目光都盯在自己足前"一句，更可以看到这点。）

3 这是伦敦威廉王大街的教堂。

4 原注：这是我常见的一个现象。

5 按照骚思曼的说法，史丹逊指的是任何一个普通商人；另一说，史丹逊是一种宽边呢帽的牌子，因而泛指，也有论者以为史丹逊象征着艾略特的朋友约翰·奎因。

去年你种在你花园里的尸体

抽芽了吗？今年会开花吗？[1]

还是突来的霜冻扰乱了苗床？

啊，将这狗赶远些[2]，它是人的朋友，

不然它会用爪子重新刨出尸体！

你，伪善的读者，我的同类，我的弟兄！"[3]

1　罗马人和迦太基人第一次布匿战争中的一场海战，在诗中与第一次世界大战融为一体了；说话者和史丹逊都参加了一次大战，两场战争都被视作是毫无意义的，因此花园里种尸体的荒诞意象含有深刻的嘲讽意味。不过，一般认为艾略特这里使用的典故，也是要给他诗增添一种无穷的时间感。与人类学中原始的宗教繁殖仪式有内在联系。

2　原注：参见韦伯斯特《白魔鬼》中的挽歌。("但将豺狼赶得远些，他是人类的仇敌，不然它会用爪子又把他们尸体刨起。"原剧中的挽歌由一个妇人唱给在自相残杀中死去的儿子。在繁殖礼仪里，神的死亡预示着他的新生，但在荒原上，这样的仪式被歪曲到了嘲弄的地步。神的葬礼成了一场凶险的谋杀，而狗也许是长着狗首形状的埃及神，得被赶得远远的。)

3　原注：见波德莱尔《恶之花》的序诗。(这是《致读者》诗中的最后一行，将无聊描绘成人类最坏的罪行，并是读者所熟知的。)

二、弈棋 [1]

她坐的椅子，像擦亮的御座

在大理石上闪耀，那镜子

由雕满着葡萄藤的架子框着

其中一个金色小爱神探出头偷看，

（另一个把眼睛藏在翅膀后面）

让七叉烛台的火焰增添光彩

在桌子上反射、闪耀，

她首饰的珠光宝气从缎盒里

倾泄而出，辉煌地升起相迎；[2]

在象牙或彩色的玻璃小瓶中，

瓶塞打开了，里面藏着她奇特的合成香水、

油脂、粉霜或者玉液，在香气里，

搅乱了，混杂了，淹没了知觉；又为

来自窗外的新鲜空气拨动，这上升的

袅袅香气让长长的烛焰变得丰满，

1　标题出自托马斯·米德尔顿（Thomas Middleton）的剧本《弈棋》，但指的是另一部剧本《女人提防女人》的情节。剧中公爵爱上了卞安格，请人设法与她幽会，一个邻居设计把卞安格的婆婆叫来下棋，同时又偷偷引卞安格去见公爵。在两人对弈时，卞安格为公爵诱奸了。
2　原注：见《安东尼与克莉奥佩特拉》第二幕第二场，第一百行（这里是嘲讽地戏引莎士比亚的台词，女人的身份不定。）

又将烛烟抛向镶板的房顶，[1]

搅乱了镶板平顶中的图案。

海底木巨大火炉架，嵌着黄铜，

烧得碧绿橘黄，四周框着彩石，

这悲惨的光里游着雕刻出的海豚。

古色古香的壁炉上展示着，

仿佛一扇窗对着林中景象一般，[2]

翡绿眉拉身上的变化，[3] 她为野蛮的国王

如此粗暴地逼迫；然而那里夜莺

曾使沙漠回荡着不可亵渎的声音，

依然叫着，这世界现在依然追逐着，[4]

"吱嘎，吱嘎"给肮脏的耳朵听。

其他时间的枯死树根

也都在墙上留下印记；瞪眼的形象

伸出着，依靠着，使这紧闭的房间一片寂静。

拖着的脚步声响起在楼梯上。

在火光下，在刷子下，她的头发

1　原注：镶板的房顶见《埃涅阿斯纪》第一卷，第七百二十六行："明亮的灯从镶板的金房顶上垂下，火把的烈焰驱散了黑夜。"（《埃涅阿斯纪》是罗马诗人维吉尔的史诗。其中描写到特洛亚王子埃涅阿斯一度和迦太基女王狄多结婚，但后来遗弃了她。这行诗描写狄多盛宴招待埃涅阿斯的情况；艾略特有暗示这里的爱情不能始终如一的意思。）

2　原注：林中景象见弥尔顿《失乐园》第四卷，第一百四十行。（这原先是撒旦对伊甸园的描绘，是对夏娃的引诱，紧接下旬翡绿眉拉的典故是反嘲之笔。）

3　原注：见奥维德《变形记》第六卷之《翡绿眉拉》。艾略特使用这个很富暗示意味的典故，给诗增添了内涵。这个典故也可以理解为怎样将个人的苦难转化为艺术。

4　原注：见本诗第三章，第二百〇四行。

在火星似的小点子中散开

亮成话语，然后是残忍的沉默。

"今夜我的神经很糟。是的，糟。跟我在一起。

跟我说话。为什么你从不说话？说啊。

你在想什么？想什么？什么？

我从不知道你在想什么。想吧。"

我想我们在老鼠的小径里，[1]

那里死人甚至已失去了自己残骸。

"什么声音？"

    门下的风。

"现在又是什么声音？风在干什么？"[2]

     没什么，还是没什么。

         "是否

你什么也不知道？什么也看不见？什么也

记不住？"

  我记得

那些曾是他眼睛的珍珠。

"你是活，还是死？你的头脑里空无一物？"

          但

1　见本诗第三章，第一百九十五行。

2　原注：此行参见韦伯斯特："风还在门里吗？"（此行诗见韦伯斯特的剧本《魔鬼的公案》，剧中一个医生发现一个谋杀的牺牲品仍在呼吸时，问了这个问题。）

噢噢噢噢那莎士比亚式的散拍乐——[1]

是如此优雅

如此聪明

"现在我将干什么？我将干什么？"

"我就像现在这模样冲出门，走上街头

披头散发，这样。我们明天干什么？

我们到底干什么？"

十点供应热水。

如果下雨，四点来一辆雨透不进的汽车。

我们来玩一盘棋，[2]

按着没有眼皮的眼睛，等那一下敲门声。

莉儿丈夫退伍的时候[3]，我说——

我不吞吞吐吐，我亲口对她说，

请快一点时间到了[4]

现在阿伯特就要归家，把你自己打扮得漂亮一点。

他可要知道你怎样花了他给你的钱，

那笔装牙齿的钱。他的确给了你，我当时也在场。

你把牙全拔了吧，莉儿，装一副好看的，

1　按照布鲁斯·R. 麦克埃尔得莱（Bruce R. McElderry）的说法："莎士比亚式的散拍乐是 1912 年风行一时的《齐格菲的蠢事》中的散拍音乐。"

2　原注：参阅米德尔顿《女人提防女人》中的弈棋。

3　这里的退伍指的是第一次世界大战后的退伍。艾略特后来说，这一段故事是由他们的女仆讲的。

4　这是英国酒店催客，准备关门时的呼叫声。在诗中反复出现，起到叠句的作用，又有一种急迫的象征感。

他说，我发誓，我不忍心看到你这模样。

我也不忍，我说，想想可怜的阿伯特。

他服役已有四年，他可要好好地玩一阵，

如果你不能给他乐趣，有其他愿意的人，我说。

是吗，她说。或多或少吧，我说。

那我知道该谢谁，她说，直勾勾地瞅我一眼。

请快一点时间到了

你不喜欢，但总能凑合过吧，我说。

其他的人还能挑挑拣拣，你可不能。

要是阿伯特走了，别怪我没提醒过你。

你真该害羞，我说，看上去这么老。

(她只有三十一岁。)

我没办法，她拉长了脸说，

因为我吃的那些丸药，得打胎，她说。

(她已有了五次，几乎死于生小乔治那次。)

药剂师说没关系，但我再也不像从前那样。

你是个大傻瓜，我说。

不过，要是阿伯特不让你一个人过——结果就是

这样，我说，

要是你不要孩子，你干吗结婚？

请快一点时间到了

呵，那星期天阿伯特在家，他们吃热猪腿，

他们请我吃晚饭，趁热吃猪腿味儿最好——

请快一点时间到了

请快一点时间到了

明天见，毕儿。明天见，娄。明天见，美。明天见。
嗒嗒。明天见。明天见。

明天见，太太，明天见，好太太。明天见，明天见。[1]

1　当时有一支很受欢迎的曲子《明天见，太太，我们现在要走了》，另可参阅《哈姆莱特》第四幕第五场，奥菲利亚发疯后的一段话："明天见，太太，明天见，好太太，明天见，明天见。"这是一段向生活告别的话。

三、火的布道 [1]

河边的帐篷破碎了，最后残剩的手指般树叶

攥紧，插进潮湿的河岸。风

吹过这棕色的土地，没有人听到。仙女们不在。

甜蜜的泰晤士，轻轻地流，直到我唱完我的歌。 [2]

河流没有带来空瓶子、三明治纸、

丝手帕、硬纸板盒、烟蒂头

或夏夜的其他痕迹。仙女们离开了。

她们的朋友，城市董事们闲逛的后裔

不在此地，也没留下地址。

在莱门河畔我坐下哭泣…… [3]

甜蜜的泰晤士，轻轻地流，直至我唱完歌，

甜蜜的泰晤士，轻轻地流，我唱的声音不响，不多。

1　在《火的布道》里，佛要他的众门徒悟出怎样躲避情欲和性感的熊熊火焰，怎样过一种神圣的生活，最终达到涅槃，而避免生死轮回。火的象征是毁灭性的。

2　原注：见斯宾塞（Edmund Spenser）的《结婚曲》。（此句在原诗中重复出现，作为每一节的结句。前一行的"仙女们"也在斯宾塞诗中出现过，并被称为"可爱的潮水女儿"或"泰晤士女儿"。《荒原》中"泰晤士女儿之歌"与之前后呼应。但这里指的是现代的河上仙女，或在河边游乐的女子。）

3　大卫王描绘流放的希伯来人渴望回到他们家园的情境："在巴比伦河畔我们坐下。是的，我们哭泣，我们想起了锡恩。"（颂诗第一百三十七篇）。莱门是日内瓦湖的瑞士名字，在近莱门湖畔的洛桑的一家疗养院里，艾略特创作了《荒原》。在伊丽莎白时代和更早的英语里 Leman 又作为一个普通名词，意为爱人。

但在我的背后，在一阵冷风中我听到 [1]

骨头咯咯作响，还咧开嘴大笑。

一只老鼠无声地爬过草地

在河岸上拖着粘湿的肚皮，

冬日傍晚，在一个煤气厂后面

我在这条沉闷的运河里钓鱼，

沉思着国王我兄弟的沉船，

沉思着他以前的国王，我父亲的死亡。 [2]

白白的躯体裸露在低湿地上

白骨扔弃在一小间低而干的阁楼里，

只是被老鼠脚嘎嘎踩响，年复一年。

但在我的背后，时复一时我听到

喇叭和马达的声音，在春天

为波特夫人带来斯威尼 [3]

1　原注：参阅马维尔的《给他羞羞答答的情人》(马维尔的诗中有这样两行："但在我的背后我听到／时间的飞轮在急急地驶近。"艾略特对这首诗评价很高，这里是戏仿，但同样有叹光阴虚度的意思。)

2　原注：参阅《暴风雨》第一幕第二场。(即覆舟后，斐迪南王子在海滩沉思的那一段。)

3　原注：参阅戴伊 (John Day) 的《蜜蜂会议》："当你聆听，你会忽然听到，号角和追逐的喧闹，在春天把阿克泰翁带去见狄安娜，那里人们会看到她的裸体……"(在罗马神话中，阿克泰翁是个猎手，无意中看到狄安娜在裸浴，月神兼狩猎女神的狄安娜将阿克泰翁变成一只公鹿，并让他被自己的猎犬撕成碎片。狄安娜在希腊神话中即阿尔忒弥斯，弗雷泽在其人类学著作中把她作为"被绞死的神"的一类中加以探讨，艾略特在这里作注，是为了影射下行中斯威尼和波特夫人的关系。斯威尼是"斯威尼组诗"中一个有欲无情，有身无灵的人物。一般评论认为波特是个妓女。《夜莺声中的斯威尼》中的斯威尼即在一家妓院里，《笔直的斯威尼》中的斯威尼则和一个女癫痫病人搅在一起。)

啊月光明媚地映着波特夫人[1]

和她的女儿

她们在苏打水里洗脚

啊孩子们的声音，在教堂尖顶下歌唱![2]

吱吱吱

唧唧唧唧唧[3]

这样粗暴地逼迫。

铁罗。

虚无缥缈的城

在冬日下午的棕色雾下

尤金尼特先生，士麦那[4]的商人

胡子未修，口袋里装满了小葡萄干

---

1 原注：这几行诗取自某一民歌，但我不详其来源，我是在澳大利亚的悉尼听到的。(这是第一次世界大战中澳大利亚士兵常唱的歌。歌词全文如下："啊月亮明媚地映在波特夫人 / 和波特夫人的 / 女儿身上。/ 她们在苏打水里洗脚，/ 让她们洗得干干净净 / 理所应当。"不过下面一行的注使人想到，这也许是故意嘲讽圣星期四仪拜形式中的濯足。门徒为耶稣濯足的事迹载于《约翰福音》第十三章。这一行为本来意味着爱和谦卑的美德，诗中反用了。)

2 原注：见魏尔伦（Paul Verlaine）《帕西法尔》。(情节出自冯·埃申巴赫，即 Wolfram von Eschenbach 的《帕西法尔》，此诗被瓦格纳改成关于圣杯寻求的歌剧，魏尔伦在其后也有同名诗。)

3 这一段又是夜莺之歌的拟声描写，暗示国王铁罗斯以及他对翡翠眉拉的残暴。可参阅十六世纪英国剧作家约翰·李尔的剧本《开姆帕斯波》中两行诗："噢那是遭到奸污的夜莺 / 唧唧唧唧，铁罗，她叫道……"（铁罗即铁罗斯，省去斯音）。夜莺典故暗示斯威尼和波特太太的关系。

4 土耳其西部海港。

伦敦到岸价格：见票即付，[1]

以粗俗的法语请我

到凯能街饭店[2]用午餐

然后在大都会度一个周末。

在紫罗兰色的时刻，眼睛和脊背

从写字桌上抬起，人肉引擎等待着，

就像一辆出租汽车微微颤动地等待着，

我，忒瑞西阿斯，虽然失明，在两条生命之间颤动，[3]

有着皱纹遍布的女性乳房的老男人，可以看到，

在紫罗兰色的时刻，让人们回家的

1　原注：这种小葡萄干的价格是"至伦敦免邮税与保险"；提货单等付清见票即付的款项后可交买主。

2　凯能街饭店是紧靠着凯能街车站的一家旅馆，为欧洲大陆商人们经常逗留的一家较便宜的旅馆，当时也是搞同性恋的一个声名狼藉的场所。大都会是在布赖顿的一家豪华的旅馆。

3　原注：忒瑞西阿斯虽然只是个旁观者，并非一个真正的"人物"，却是诗中最重要的一个角色，通贯全篇。正如那个独眼商人，那个卖小葡萄干的化入了腓尼基水手，后者与那不勒斯的斐迪南王子也并非完全不同，所有女人因此是一个女人，而两性在忒瑞西阿斯身上融为一体。忒瑞西阿斯看见的，实际上是这首诗的本体。奥维德的整个一段文字有很大的人类学价值。（奥维德的《变形记》有关情节：忒瑞西阿斯打散了两条正在交配的蛇，因此被变为一个女人，八年之后，忒瑞西阿斯又见到这两条蛇，打了它们一下，又被变回为一个男人。因为他是一个男人又是一个女人，丘比特和求诺要他为他们之间的争端做出评断：究竟是男人还是女人在性交中享受得更多。忒瑞西阿斯的回答是女人享受更多，他的回答激怒了求诺；她使他成为瞎子，丘比特为了安慰他的痛苦，施予他预言的能力。）

黄昏时分，把水手从海上带回家的时刻，[1]

打字员在家里喝茶，清扫早点的残存，点燃

她炉子，摆开罐头里的食物。

窗外危险地晾着

快要晒干的混杂衣物，依然为夕阳的余晖抚摸着。

长沙发上（到了晚上她的床）堆着

袜子，拖鞋，衬衣，束胸带。

我，忒瑞西阿斯，老人长着皱纹密布的乳房

看到了这一幕，预言了其余的——

我也在等待那久盼的客人。

他，满脸疙瘩的青年人来了，

一家小房产代理经纪，目光肆无忌惮，

下等人里的一个，信心在他的身上，

像一顶丝帽在布拉德福德的百万富翁头上。[2]

时候正合适，如他所猜，

饭已用完，她又厌烦又疲倦，

对将她置身于爱抚之中的尝试，

她没说要，可也没有推。

他脸色通红，意志坚定，立刻进攻；

探索的手没遇到任何防御；

1　原注：这应该并非萨福的原诗，但我脑海里想的是"港岸边"或"驾渔舟"的渔翁黄昏时回家的情景。（萨福的原诗是："晚星，你将晨曦所驱散的人们带回了家，你把绵羊、山羊和孩子带回给母亲。"另一首可参阅的诗是斯蒂文森（Robert Louis Stevenson）的《安魂曲》："水手归家，从海上归来。"）

2　布拉德福德是英国北部的一个工业城市，这里泛指战争暴发户。

他的虚荣不需要任何反应，

把无动于衷当作由衷欢迎。

（而我忒瑞西阿斯早经历过

在同一长沙发或床上所上演过的一切；

我，曾在墙下坐在底比斯一旁

在死尸里最低卑的中间走过。）[1]

最后，他给了大施恩惠似的一吻

摸索着离开，发现楼梯灯熄了……

她转身在镜中看了一会儿

几乎丝毫没感到她离去的爱人；

大脑里听任刚形成一半的念头通过，

"好吧，这件事干了；我高兴这算完了。"

美丽的女人堕落的时候，[2]

在她的房间里来回踱步，独自一人，

她用机械的手抚平她的头发，

又在留声机上放一张唱片。

1　忒瑞西阿斯曾在底比斯墙下预言过两个王帝，俄狄浦斯和拉伊俄斯的败落。忒瑞西阿斯死后仍是一个预言者，奥德修斯就曾将他从海德之门召出，听取了帮助自己归程的建议。

2　原注：见哥尔德斯密斯（Oliver Goldsmith）《威克菲牧师》中的歌。（原著中被诱污的奥莉维亚唱道："美丽的女人堕落的时候／接着又太晚地发现男人的背信弃义，／什么样的魔术能略减她的忧愁，／什么样的妙计能洗去她的罪行？／唯一能遮盖她罪行的办法，／并在众人眼前藏过羞耻，／狠狠给她的情人惩罚／揪他的心——是寻死。"）

"这音乐在水面上爬过我的身体"[1]

沿斯特兰德，走上维多利亚女王大街。

啊城，城，有时我能听到

在下泰晤士街的一家酒吧旁

一只悦耳的曼多铃的哀鸣

还有里面的叽叽呱呱喧闹不停

渔夫在中午憩息；那儿，

殉道堂[2] 墙上有着

难解的伊沃宁[3] 荣华，白皑皑，金灿灿。

> 长河流汗[4]
>
> 石油，沥青
>
> 驳船漂零
>
> 随着转向的潮水
>
> 红帆
>
> 广袤

---

1 原注：见《暴风雨》如上。(这里暗示诗中的说话者又是斐迪南王子了。)

2 原注：在我看来，殉道堂的内部是瑞恩的最佳杰作之一。见《拟毁中的十九个城内教学》(金氏父子出版有限公司)。(这座教堂建于1676 年，现在依然屹立在泰晤士下游和渔街的转角上，在伦敦渔市场之间。艾略特暗示它是一个与荒原分离开来的世界。)

3 伊沃宁是一种古希腊的建筑风格。

4 原注：泰晤士(三个)女儿之歌从这里开始。第二百九十二行至第三百〇六行是她们依次的谈话，见《神的衰微》第三幕第一场：莱茵河女儿的歌声。(在瓦格纳的歌剧《神的衰微》里三个莱茵河女儿试图引诱英雄齐格菲并借此吓他还出他们的黄金，因为黄金会给占有者带来权力和死亡；自从失去黄金后，河的魅力就告消失。第二百七十二到第二百七十八引用了原剧中的叠句。)

到下风处，在沉重的樯桅上摇荡

驳船洗着

漂流的巨木

流下格林威治

经过群犬岛。[1]

    Weialala leia

    Wallala leialala

伊丽莎白和莱斯特[2]

打着桨

船尾形成

一只镀金的贝壳

红色，金色

轻快的波浪

潺潺在两岸

西南风啊

顺流而下

钟声齐鸣

1　群犬岛是靠近伦敦东部的一个半岛，在泰晤士河中形成一个弯弯的岬角，又称为格林威治岬，格林威治在其南岸，伊丽莎白女王生于格林威治大厦，她后来在那儿招待莱斯特伯爵，这行中的"群犬岛"为下一段诗作了伏笔。

2　原注：福鲁德（Frederic Miller）的《伊丽莎白朝代》第一卷第四章内有德·卡得拉（西班牙主教兼驻英国大使）写给西班牙王力普的一封信："下午我们在游艇里，看河上的游戏。（女王）独自和罗伯特爵士（即莱斯特伯爵）在一起，我自己在船尾。他们开始讲胡话，扯得如此之远。最后罗伯特爵士说，既然我（德·卡得拉）也在场，如果女王愿意，他们没理由为什么不就此结了婚。"

白塔

　　　Weialala leia

　　　Wallala leialala

"电车和灰沉沉的树。

海贝莱生了我。理其蒙特和克幽

毁了我。[1] 在理其蒙，我抬起双膝，

仰卧在狭小的独木舟上"。

"我的脚在摩尔该特，[2] 我的心

在我的脚下。这件事后，

他痛哭流涕。他答应'重新做人'。

我一言不发。我为什么要痛恨？"

"在马该沙滩[3]。

我能联接

虚无与虚无。

脏手上折断的指甲。

我们是伙无所期望的

下等人。"

1　原注：参阅《神曲·炼狱》第五节，第一百三十三行"记着我的
是比亚：/生我的是西艾纳，毁我的是玛雷玛。"（但丁在炼狱中遇到
西艾纳的皮·德·特洛美的鬼魂，她告诉了但丁这段话，意指她在玛
雷玛横死于她丈夫手里。）

2　摩尔该特是伦敦东部的贫民区。

3　马该沙滩以及其他提及的地名都是伦敦和泰晤士河附近的地名。

la la

然后我来到了迦太基[1]

燃烧，燃烧，燃烧，燃烧[2]

啊，主，你拔我出来[3]

啊，主，你拔

燃烧。

1　原注：见圣奥古斯丁的《忏悔录》："我到迦太基来了，一大片不圣洁的爱在我耳边唱。"

2　原注：这些辞句摘自佛陀的火诫全文，参阅已故的亨利·柯克·华伦所译的《见于翻译中的佛教》。华伦先生是西方佛学研究的伟大先驱者之一。（艾略特并未逐字引用。）

3　原注：仍见圣奥古斯丁的《忏悔录》。把东西两个世界的苦行主义的代表并列，作为此章的结束，并非偶然。（圣奥古斯丁写道："因为这些外在的美扰乱了我的步伐，但你拔我出来，噢主，你拔我出来。"）

四、水里的死亡 [1]

弗莱巴斯那个腓尼基人，已死了两星期

忘了海鸥的啼叫，巨浪的涌起，

以及一切利害得失。

    海底的一股潮流

在悄语声中剔净他的尸骨。浮上又沉下，

他经历了自己的老年和青年

进入旋涡。

    犹太人或非犹太人

啊，你这个转着舵轮看向风轨的人，

想一想弗莱巴斯，他当年曾与你一样英俊高大。

1　第一章中的梭斯脱里斯夫人已预言了弗莱巴斯的水中之死，有些
批评家认为他的死亡是为了获得新生，和繁殖之神一样；另一些则声
言他的死是必然的，没有任何复活的希望。可能性较大的论点是：弗
莱巴斯代表着主要说话人想遗忘一切的冲动。这段诗和艾略特早年的
法文诗《在餐厅里》十分相近。不过现在一般意见都倾向于认为这是
艾略特本人在婚姻上失意后，一种虚无主义思想的流露。艾略特自己
后来也承认，在创作《荒原》时，他几乎快要接受佛教信仰了。

五、雷霆所说的 [1]

在火炬红红地照上流汗的脸后

在严霜的寂静降临在花园后

在乱石丛生之地的痛苦后

又是叫喊，又是呼号

监狱，宫殿，春雷

在遥远的山麓上长长回响。

他曾是活的现在已死 [2]

我们曾是活的现在正死

仅需一丁点儿耐心。

这里没水只有岩石

岩石，没有水，只有一条沙路

在群山中蜿蜒而上

岩石堆成的群山中没有水

1　原注：第五章的第一部分用了三个主题：去埃摩司途中，向"凶险之堂"的行程和东欧各国的式微。(去埃摩司途中系耶稣被钉死在十字架上后，重又复活，并在他的门徒中行走主事。见《圣经·路加福音》第二十四节，第十三到第十六行：正当那日，门徒中有两个人往一个村子去，这村子名叫埃摩司 (《圣经》中译为以马忤斯)，离耶路撒冷约有二十五里。他们彼此谈论所遇见的这一切事。正谈论相问的时候，耶稣亲自走近他们，和他们同行。只是他们的眼睛迷糊了，不认识他。向"凶险之堂"的行程，可参阅魏士登书中关于圣杯寻求的部分。)

2　耶稣在客西马尼园中，他的被囚、审判、十字架上之死都在这里微微暗示了一下。

如果有水我们会停下畅饮

在岩石中人们无法停下或思想

汗水已干了，脚深陷沙中

倘若岩石中有水

死山口不能吐沫、长满坏牙

这里人不能站，不能躺，不能坐

群山中甚至都没有宁静

只是没雨的，干枯贫瘠的雷霆

山中甚至没有孤寂

只是阴沉通红的脸庞在嘲笑与嚎叫

从泥缝干裂的房门中传出声来

      如果有水

  没有岩石

  如果有岩石

  也有水

  有水

  有泉

  岩石中的一小坑水

  如果只有水的声音

  而不是知了

  和枯草的歌唱

  可在一块岩石上的水声

那里蜂鸟族的画眉[1]在松林里歌唱

点滴，点滴，滴滴滴

但是没有水

那一直走在你身旁的第三个人是谁？[2]

当我再数时，只有你我俩在一起

但当我远眺前面那白色的路

总有另外一个人在你身旁[3]

悄悄地走，裹着棕色大衣，罩着头

我不知道这是男人还是女人

——但在你另一边的那个人是谁？

天空中什么声音在高高回响

母性悲哀的喃喃声

那些戴着头巾，在无际的

1　原注：这是画眉的一族，是我在魁北克州所见过的一种蜂雀类的画眉。却普曼（Chapman）在《美洲东北部的鸟类手册》一书中说："这种鸟最喜欢住在深山僻林里……它的鸣声并不以多变或漂亮著称，但它声调之纯和甜，曲调之优美却无与伦比。它的'滴水歌'名不虚传。"

2　原注：下面几行是受了南极探险团的某次经历等故事启发而写成的（我忘记了是哪一次，但我想是谢格尔登率领的那次）。据说这一群探险家在筋疲力尽时，常常有错觉：感到数来数去，还是多了一个队员。

3　原注：参阅赫尔曼·黑塞（Hermann Hesse）的《混乱中的一瞥》："欧洲的一半，至少东欧的一半，正走向通往混乱的路上，由于某种神圣的疯狂而神志不清，沿着悬崖的边缘前进，还醉醺醺地唱着圣歌，与德米特里·卡拉马佐夫唱得一样。资产阶级震惊之余，嘲笑着这些歌，圣人和先知则含泪在听。"（有评论家认为这指的是十月社会主义革命时的情景，但也有评论说后面所说的母性的悲哀是女人对耶稣之死的伤心，也许还暗示着其他繁殖神的死。德米特里·卡拉马佐夫是陀思妥耶夫斯基小说《卡拉马佐夫兄弟》中的人物。）

平原上蜂拥，在裂开的，仅有扁平的

地平线环绕的土地上跌撞的是什么人

群山那边的是什么城市

在黯蓝的天空中裂开，重新形成而又崩裂

倾坍的塔

耶路撒冷雅典亚历山大

维也纳伦敦

飘渺

一个女人扯紧她长长的黑发[1]，

在这些弦上拨着她的低音乐

长孩子脸的蝙蝠在紫罗兰光芒中

打着嗯哨，拍动翅膀

头朝下地爬落一堵乌黑的墙

倒悬在半空的是高塔

敲着回忆的钟声，让时刻和声音

从空贮水池和干了的井中不断唱出。

在群山中倾颓的洞里

在黯淡的月光下，小草在

1　这一段可以理解为寻求圣杯的武士进入"凶险之堂"时，女巫试图做出使他陷于绝境的最后诱惑。这几行混乱的意象，据艾略特为他的法文版诗选作的评论说，是受到荷兰十五世纪画家耶罗米斯·博斯（Hieronymus Bosch）的一幅题为"地狱"的画的启发而写成。博斯擅长于将人的邪恶物体化，因而这段诗的意象都带有象征意义。"钟声"似乎既指回忆中伦敦的钟声，又可指武士进入"凶险之堂"时的钟声。

倒塌的坟上歌唱，教堂[1]

是空无一人的教堂，只是风的家园。

没有窗子，门儿来回摇晃，

枯骨再不能加害于人。

唯有一只公鸡站在屋脊上[2]

喔喔哩喔，喔喔哩喔

刷地一道闪电。然后一阵潮湿的风

带来了雨

恒河的水下降了[3]，无精打采的叶子

等着雨，黑色的云

远远地聚集在喜马方特山上[4]。

丛林蹲着，在寂静中弓起背。

于是雷霆开始说话[5]

DA

Datta：我们给予了什么？

1　这指的是"凶险之堂"，武士必须行入此堂才能取得圣杯。

2　公鸡啼叫，宣告黎明的来临和鬼魂的消逝，但艾略特故意将公鸡叫声的效用写得令人捉摸不定。

3　艾略特诗中用伽（佛经释名）或甘格（Ganga）这个名字，其实即恒河。

4　喜马拉雅山脉。

5　原注：雷霆之声，"Datta dayadhvam damyata"（舍予、同情、克制）。雷的寓言的含义见《布里哈达·雅加·优波尼沙士》第五卷、第一节。它的译文之一见陶森的《吠陀经中之六十优波尼沙士》第四百八十九页。（在印度传说中，佛传授他的弟子三大纪律：克制他们难以驾驭的天性，尽管人本能的贪婪要舍予救济，尽管人有像恶魔般的品质要给予同情，"这一教义每天都由天国的声音重复着——以雷声的形式 Da，Da，Da。因此人应该实践这三条：克制、舍予、同情。"）

我的朋友，鲜血震动我的心

这一刹那间献身的非凡的勇气

不是这谨慎的年代所能赎回

因为这一点，仅仅这一点，我们生存

这不会在我们的讣告中被人找到

或在由慈善的蜘蛛覆盖的记忆里[1]

或在精瘦律师启封的封条下

在我们空空的房间中

DA

Dayadhvam：我听到那把钥匙[2]

在门锁里转了一下，仅转了一下

我们想着这钥匙，牢房里的每个人

都想着这钥匙，每个人守着自己的监狱

只在夜幕降临，飘渺的传闻

---

[1] 原注：参阅韦伯斯特《白魔鬼》第五幕第六场："……他们要重新结婚了/不等蛆虫钻透你的尸衣，也不等蜘蛛/在你的墓志铭织一条薄薄的门帘。"

[2] 原注：参阅《地狱》第三十三节，第四十六行："我听到下面那可怕的塔门/正在锁上。"（这是关于乌格里诺伯爵的故事。十三世纪末，这位政客两次通过奸计当上了意大利比萨地方的领袖。但后来被他的敌人推翻，并和他的两个儿子、两个孙子一起，被锁在一座塔楼里饿死。但丁在地狱里遇到了乌格里诺，乌格里诺向他讲了这段故事。）又可参见布拉德雷的《表象和实在》第三百四十六页："我的外界感官，和我的思想与我的感情一样，完全属于我个人。在这两种情况下，我的经验只在我自己的圈子里，这个圈子与外界隔绝，而且圈子里所有的成分都是一样的，每一个领域都与其他围绕的领域互不渗透……简言之，作为灵魂里的某一个存在，整个世界，对每一个人来说，都是独特的和个人的。（布拉德雷是20世纪著名的新黑格尔主义者，他的哲学对艾略特起了很大的影响，这段引语对帮助理解诗中出现的各种各样的人，而又归入一个实在，有一定的作用）

才使心碎的科里奥兰纳斯重生片刻 [1]

DA

Damyata: 那条船欢快地

做出反应，对那熟悉帆和桨的手

海一片平静，你的心也会愉快地

做出反应，受邀请时，顺从地随着

那引导的手而跳动

                    我坐在岸上

钓鱼，背后一片荒芜的平原 [2]

我是否至少要将我的田地收拾好？ [3]

伦敦桥塌下来了，塌下，塌下 [4]

就把他隐身在炼他们的火里， [5]

什么时候我才能像燕子，噢燕子，燕子 [6]

阿基坦的王子在塔上受到废黜 [7]

1　科里奥兰纳斯是莎士比亚名剧中的英雄，他因骄傲和不合群而终致失败。艾略特对这个形象评价很高，在其他诗里也提及了他，认为他富有真正的悲剧意味。

2　原注：见魏士登（Weston）《从祭仪到神话》有关渔王的一章。

3　参阅《旧约·以赛亚书》第三十八章第一节："主如此说，你当把你的家务收拾好，因为你将死而不能活了。"

4　这是一首流行的英国民歌中的歌词。

5　原注：见《炼狱》第二十六节，第一百四十八行："现在我请你／那引导你走上阶梯顶端的善意／在我受难的时刻多加注意／然后他就隐身在炼他们的火里。"（在《炼狱》里，这是诗人阿诺特·丹尼尔对但丁说的三句话，第四句是但丁的话。）

6　原注：见《圣维纳思的夜守》，参阅第二节和第三节中的翡绿眉拉部分。

7　原注：见奈瓦尔（Gérard de Nerval）的十四行诗《不幸的人》。（诗人将自己与"在楼里遭到废黜的阿基坦王子作了比较。）

这些片段我用来支持我的残垣断壁

那为什么合适你。希罗尼姆又发疯了[1]。

Datta. Dayadhvam. Damyata.

Shantih shantih shantih[2]

1　原注：见基德《西班牙悲剧》。(这部剧本的副标题是"希罗尼姆又疯了"。剧情大致如下：希罗尼姆因为爱子被人谋杀，悲痛得如痴如狂，设计编了一出关于他爱子受屈而死的戏，并请仇人参加演出，乘机杀了他们，得以复仇。)

2　原注：Shanith 在此反复运用是某一优波尼沙士经文的正式结语，英语中相应的翻译应是"出人意料的平安"。

*《荒原》中删去的部分 [1]

1　1968 年,《荒原》手稿的重新发现, 是对艾略特研究中的一件大事。关于庞德对《荒原》的删改, 评论家一般认为他做了相当了不起的工作, 艾略特自己也多次提到庞德的帮助, 指出是庞德"把一大堆好的和坏的片段变成了一首诗"。但是也有评论家持相反的意见,认为《水中的死亡》中删去的部分恰恰是艾略特很见匠心的一段, 其他部分的删改也多少破坏了原先的结构。删去的片段有一些确实写得十分精彩, 不比后来发表出来的《荒原》差。此外, 删去的片段对帮助进一步理解《荒原》有重要的作用。从手稿看,《荒原》与其说是一首一气呵成的长诗, 还不如说是由一些在不同的日期里创作的段落组织而成的长诗。有些段落的独立性是很强的,甚至可以自成一篇,在"空间结构"融合成有机的整体。因此,《荒原》手稿中除了 1922 年发表的五章外, 还有十多首单独的、原先可能考虑插入的杂诗。为了让读者看到《荒原》的"本来面貌"或"最新面貌"。艾略特的第二任妻子瓦莱丽于 1980 年编纂出版了《荒原》手稿, 译者据此译出了部分被删去的诗稿。由于手稿大多是初稿, 文字、标点都有些乱, 译文也只能如此了。

老汤姆 [1]

（"死者葬仪"中删去的部分）

我们，先让两个侦察兵去了汤姆那里，

那老汤姆啊，有一次掉进锅，煮瞎了眼，

（还记得吗，那一次跳完舞后的情景，

戴上帽子，穿着齐全，我们和丝帽哈利一起，

老汤姆把我们带到后面，取出香槟，

还有汤姆的妻子老简，我们让乔唱上一支：

"我为我纯苏格兰血统感到骄傲，

天下没人敢对我胡说八道。"）

点起孟加拉蜡烛，我们一本正经用餐，

当我们走进剧场，高高坐在 A 排上，

我把脚搁上了大鼓，那个女孩一声尖叫，

她从未喜欢过我，不错的家伙——但粗；

我们接着就走上街头，噢外面可真冷！

什么时候你才变好？走入歌剧院交易所，

灌饱姜汁酒，又坐下来玩软木塞游戏，

费先生在那里唱"磨坊姑娘"，

我们觉得要飘飘然出去逛一圈。

那时候我们走失了史蒂夫。

（一小时后，我来到了玛特尔那里。

1　这出自《荒原》手稿中"死者葬仪"第一段，后为艾略特自己删去。

143

你是什么意思，她说，现在凌晨两点，

对你这种家伙，我这里可不做生意，

上星期刚有一次搜查，我受了两次警告，

警官先生，她说，二十年来这里一直干干净净。

现在住的是三个来自白金汉俱乐部的先生，

我就要退休，到一所庄园里去住，她说，

现在这一行赚不了钱，都怪造成的损失

也怪这地方的名声，那几个酗酒的醉鬼。

二十年来，我的房子一直干净，她说，

白金汉俱乐部的三位先生知道这里太平，

人家把你介绍得很好，但你绝不是好东西，

给我找个女人，我说，你唱得太多了，她说，

但她给我一张床，一个浴盆，还有火腿鸡蛋，

现在你得刮一刮，她说，我笑了个痛快

玛特尔总是个好样的）

我们还未走出胡同，一个警察来了，

他来找麻烦，又干了件坏事，他说，

你到局子去。很抱歉，我说，

道歉没用，他说，那让我取了帽子，我说，

嘿运气真巧，偏偏那时陶纳文来到，

怎么回事，警官，这条巡逻线上你还是新手。

我想是的。你知道我是谁？是的我知道，

那个新警察说，十分生气。那么松手吧，

这些先生是我特别要好的朋友。

——运气不是巧吗？然后我们去了德国俱乐部，

我们，陶纳文先生，还有他的友人乔·李歇，

看到门已关上，我想转回家，那个驾驶员说

我们同一条路回家，陶纳文先生说，

振作起来，特莱西和斯泰拉，他的脚伸出窗外，

以下我知道的只是那破车在大路上翻了个，

那位驾驶员和小裁缝本·列文——

列文就是读乔治·梅瑞狄斯 [1] 著作的那个人——

打起了赌，比赛奔一百码的路，

陶纳文先生则在一旁握着表。

我走到外面看日出，踱回家。

1　乔治·梅瑞狄斯（George Meredith），英国维多利亚时代的小说家、诗人。

伦敦 [1]

（"火的布道"中删去的部分）

伦敦，你杀死和哺育的芸芸众生，

蜷缩在水泥地和天空之间，

对片刻的需求做出反应，

在下意识振动，履行形式的命运，

不知道怎样思想，怎样感觉，

但在观察的眼睛的意识中生活。

(幻影般的) 小妖精，在砖、石和钢中打洞！

一些头脑，离开了正常的平衡，

(伦敦，你的人民是在轮子上！)

记录下人行道上这些玩具的动作，

追溯着这也许会卷起来的秘密文件，

又微微觉察到这些动作的

喧闹，还有这般光线！

1　原文是"火的布道"的一部分，为庞德所删。

二十一岁的青年[1]

（"火的布道"中删去的部分）

二十一岁的青年，脸上长满斑点，
那群闲人中的一个，我们说，
可能在任何公众场所中遇见，
几乎在白天和黑夜的任何钟点。

骄傲并没让他充满野心勃勃的欲望，
他的头发真粗，满是发油和头屑，
也许他的爱好偏于舞台艺术——
不够敏锐，无法把草皮联想在一起。

他，脸上长疙瘩的青年，大胆地
到处瞪视，在"伦敦独家咖啡店"中，
他告诉她，带着随随便便的神色，
骄傲地说，"今天和我一起的是纳尔逊。"
也许是便宜房屋经纪人的职员，每天
从一家飘到另一家，带着大胆的目光；
下等人中的一个，自信心在他们身上，
就像一顶丝帽戴在布拉德福德富翁的头上。

1　庞德删去的"火的布道"中的一部分。原诗较详尽地刻画了那个
有欲无情的青年形象，而在定稿中就写得简洁多了。

他带着那同样固执的瞪视大嚼，

他熟悉对付女人的方法 (仅此而已！)

傲慢地把他的椅子往后翘起，

再往地毯上弹些烟灰，烟蒂。

弗莱斯喀 [1]

（"火的布道"中删去的部分）

感到太阳斜斜升起的光线

和贼一般来临的白昼规劝，

胳臂雪白的弗莱斯喀打呵欠眨眼睛，

从满是情爱和快意的强奸的梦中渐醒。

忙碌的电铃一次接一次响起，

带来利落的阿玛达，[2] 驱走了梦的魅力；

用下人粗粗的双手和重重的脚步，

他拉开了围着亮漆床的帷布，

接着又把一只精致的盘子放下，

盘里是舒心的巧克力，或是提神的茶。

让那还冒着泡的酒慢慢地冷，

弗莱斯喀悄悄走向那必要的小凳 [3]，

那里，她把理查逊 [4] 悲哀的传说念一通，

让她的劳作轻松一些，惬意完事。

1　这是《荒原》手稿第三章中被庞德删去的一段英雄偶句体诗，庞
德删诗的理由是：蒲伯的英雄对偶句体诗已经登峰造极，艾略特不可
能超越它。艾略特本人当初对它则还是满意的。一般认为艾略特这段
诗也多少写出了对他第一个妻子薇薇安的不满和厌恶，但在事实上，
他们的关系要复杂、微妙得多。

2　男仆。

3　即便桶。

4　塞缪尔·理查逊（Samuel Richardson），英国小说家，作品写得比
较滥情、伤感。

然后钻进两层感性的被子中，

一边吃东西，一边读《每日明镜》。

她手轻抚着鸡蛋的圆圆顶尖，

浮想联翩，接着人们送来了信件。

她一眼就将来信内容囫囵吞下，

然后以久经锻炼的能力回信作答；

"我亲爱的，你好吗？今天我不太舒服，

自从我看戏遇见你后，一直不太舒服。

我希望，没什么事使你不愉快，

你的日子，要比我的过得惬怀。

昨晚我去——更多由于沉闷的绝望——

去参加克莱渥姆夫人的宴会——谁还在场？

哦，夫人的小圈子——个个无足轻重，

有人歌唱，克莱渥姆夫人则喋喋不停。

你现在读什么书？有什么新的书籍？

我有一本聪明的书，著者是吉劳杜克斯。

聪明，我想，也就是一切了。我有许多要讲，

可偏偏不能讲出来——我就是这副模样——

什么时候我们见面——告诉我你所有的诡计，

还有关于你自己和你新的情人们的一切——

以及什么时候去巴黎？我现在必须把笔收，

我亲爱的，相信我，你的忠诚的

朋友

写完信，她走向热气腾腾的浴缸，

拂着她一头乌发的是小爱神的翅膀，

香水，聪明的法国人发明的香水

掩盖了古老、强烈的女性的臭味。

弗莱斯喀！在其他时间或地方曾经是

一个玛格特兰[1]，温顺而低低地哭泣；

别人对她犯的罪比她自己犯的更多，狠狠地擦，

游吟诗人中的杰妮[2]懒懒慵慵，嘻嘻哈哈。

（那一种同样，永恒的、销魂的痒痒

能使人成为烈士，或仅是一个骚婆娘）；

或是谨慎、狡猾，驯服的波斯猫，

或"秋天的宠儿"，在一间家具齐全的套间里，

穿着花里胡哨的睡袍漫步的女人，

或小镇里每一条狗都在上面拉屎的那扇门。

对于种种变化的形状，一个定义正确不变：

不真实的情感，还有真实的欲念。

变得知识分子气的女人就变得沉闷，

还丧失了自然的淫妇的天生聪明。

弗莱斯喀在肥皂泡的海洋里接受洗礼，

海洋里是西蒙农——华尔特·帕特——维农·李。[3]

那些斯堪的纳维亚作家使她鼓舞欢欣，

1　按《圣经·路加福音》记载，玛格特兰是听了耶稣教导后弃恶从善的一个妓女。

2　一种母鸟。

3　这里提到三个人可能都是作家，其中瓦尔特·帕特（Walter Pater）是英国著名作家，其余两人不详。

那些俄国作家把她激动得歇斯底里。

在这么一大堆乌七八糟的花中，

除了诗歌，我们还能期望什么东西？

当不眠的夜晚让她大脑不得安闲，

她倒不妨写写诗，就像把羊群点一点。

这些夜晚，她一个人躺在床上，

她涂出的诗行，调子是如此沮丧，

谨慎的批评家们说，她的文体可称独创，

还不到成年，但更不是一个孩子，

命运的捉弄，又为满口恭维的朋友所欺。

弗莱斯喀达到了（九个女神画布）

一种跳康康舞的沙龙中名人的地步。

水手 [1]

（"水里的死亡'中删去的部分）

水手，注意看海图，注意看帆绳。

与风暴和潮流搏斗着，意志专一，

甚至到了岸上，在酒馆中，在街心

也保持一些与常人不同的纯洁和庄严，

甚至一个喝醉的粗汉也是如此，登上

非法的后街楼梯，又重新闪现，

让他清醒的友人们嘲笑一场，

脚步踉跄，或因为淋病步履蹒跚。

在与风、海和雪的交往中，水手们都

这样，因为"饱经风霜，饱见世面"，

愚蠢的、冰冷的、天真的、或欢呼的，

喜欢让人梳发、洒香水、修指甲、刮脸。

翠鸟出没的气候，温煦的轻风徐吹，

船帆齐张，八片帆都鼓足了风，

我们绕着海角行驰，我们的航程

1　有论者认为，这段是删去的手稿中写得最好的一段，如果庞德当时能把它留下来，"水里的死亡"会由一个平行的结构组成，更富象征意义。

从干赛尔维其斯驶向东海岸。

一只海龟在闪着磷光的巨浪上打鼾，

半人半鱼的海神摇动最后警告的铃，

船尾，海洋卷起来了，又呼呼入睡。

三个结，四个结，在黎明，在八点钟，

在上午的值班时间，风势渐渐减弱，

接着每一件事都出了岔子，

一只水桶开裂了，散发出一股油味，

另一桶带上了咸味，主鱼叉的叉头

轧住了。桅杆奇怪地裂开，买时付的钱

可是按上好的挪威松算。捕了鱼，

接着龙骨翼板的外板就开始漏水。

罐子里的烘豆成了堆腐烂的恶臭。

两个人得了后淋[1]，一个砍伤了自己的手。

船员们开始咕哝。那一班瞭望的水手

晚饭时迟到，他们总有道理——

如此这般辩解；"吃！"他们说，

"这可不是吃那有什么可吃的东西，

因为当你从每块饼干里挖完了

象鼻虫，再也没有吃东西的时间。"

漫骂的一伙人脸色阴沉，到处乱踢；

还埋怨那艘船。"它逆风行驶"，

船员中有影响的一个这样说，

1　正式的医学名称是慢性淋病性尿道炎。

"我宁可看见死人躺在一只铁棺材里

用撬棍从这里一直划到地狱，

也不愿看到船这样逆风行驶。"

于是船员们呻吟四起，海洋充满回声，

在我们四周呻吟，月亮蒙上了雨晕，

停了一会儿的寒气又滚滚而来，

在毕宿星团下，掀起恶劣的气候。

后来终于来了鱼，在北方的海洋里

从未看到游得这般快的鳕鱼。

这一来大伙收起网，放声笑，想到

家、钱、还有动人的小提琴声，

在玛姆·布朗那个地方，小妞儿和姜汁酒，

我可没笑，

   因为一阵罕见的狂风

把我们刮倒在地，在风中又清醒了。

我们失去了两只小平底船。另一个夜晚，

我们同样手忙脚乱，斜桁纵帆丢了，

隐形的星星下，向北驰，船漏着水。

瞭望哨在海上惊涛骇浪的

隆隆巨响中再也不能听到

拍击在珊瑚礁上的激浪，

我们知道，已驶过了最北的岛，

再没有人说话。我们吃、睡、喝，

热咖啡、登瞭望哨，没有人敢

面对面看另一张脸，或说一句话。

在我们身边整个世界

在无边无际尖叫的恐怖中。一次夜班，

我自以为看到：在船头的桅顶横桁上，

三个女人身子前倾，白发披散，

飘荡，她们的歌声压倒了风声，

一支迷住了我感官的歌，而我已是

惊吓得再不惊吓，恐惧得再不恐惧，平静了

(没有东西是真的)因为我想，此刻我

愿意，我能醒来，结束那一场梦。

一种我们知道必然是黎明的东西——

一种不同的黑暗，在云朵上飘过，

我们在前方看到，天空和海洋相遇，

一条线，一条白色的线，一长条白色的线，

一堵墙，一个障碍，我们向着这些驶去。

我的主，人们向前驶去

没一个机会。家庭和母亲。那里

一只搅鸡尾酒器，这里，一大堆碎冰。

如果另一个人知道，我知道，我可不知道，

仅仅知道现在再也没有喧闹。

公爵夫人之死 [1]

1

汉普斯台特的居民戴着丝帽子

星期日下午出门去用茶

星期六在草地上打网球、用茶

星期一去城里，还接着用茶。

他们知道什么他们该感受该思想，

他们读着早晨印出的字就知道

上个星期天过去了，还会有另外一个

他们知道什么该思想该感受

汉普斯台特的居民永远是在轮子上

但是对你和我那里又有什么

对你和我

那里我们又能做些什么？

在落叶纷飞的玛丽尔蒙何处落叶相逢？

在汉普斯台特没有一件新的东西

傍晚，透过花边窗帘，蜘蛛抱蛋树 [2] 悲悲戚戚。

1　庞德删去的这部分诗，在手稿中是自成一部分的，并有标题，标题按手稿译出，这些诗句无疑显示了艾略特夫妇生活中最糟的侧面。
2　一种植物名。

2

傍晚人们俯在桥栏上，
仿佛洋葱在叶子下。
广场中，他们互相依靠，像剪刀的
两片刀刃，或走动着，
像手指拨敲在桌子上
瞪视着脑子里想着的一切
假设他们长着鸟的头
有嘴，没有话，

我们又有什么话说？

我愿意处在一群有嘴无话的人中
但独自和另一个人待着真是可怕

我们应该有大理石的地面
壁炉火光映着你的头发
楼梯上听不到上下的脚步声响。

广场里的人们互相依靠
讨论着当晚新闻或鸟的新闻。

我今晚的思想有尾巴，但没有翅膀。

它们一群群地栖息在枝形吊灯上，
或一只又一只地落到地上。
梳子轻梳，她的头发
散发出小小的意志火星
燃成一个个词，又突然寂静。

"你有理由爱我，我确实进入了你的心，
还在你屈尊向我要钥匙之前。"
她的背转了过去，白皙的手臂裸露着
沉吟着，她的手抱在头发后面
壁炉火光闪烁在凝紧的肌肤上。

我的思想夹在混杂的一堆头和尾巴里——
一个念头突然松脱，落到地上。
一个我熟知的想法：
"该走回门旁去了。"
思想越过地毡，在地板上熄灭。

要是我说"我爱你，"我们是否该呼吸
听音乐，去打猎，就和以前一样
手松一松，梳子继续轻轻梳？
第二天我们给女仆开门
我们开门时能否招呼她，
或应该担惊受怕？假如单身
是可怕的，与另一个在一起就是悲惨

如果我说"我不爱你",我们是否该呼吸

手松一松,梳子继续轻轻梳?

如果一切依旧,那会多么可怕

到了早上,人们来敲门时

我们说;还有这正是我们需要的

倘若天下雨,四点钟来一辆透不进雨的汽车。

我们会玩一盘棋

那些象牙小人在我们中间作伴

按着没有眼皮的眼睛,等那一下敲门声。

该重新走回门旁去了。

"当我老了,我要让所有宫廷朝臣

用花毯裹他们的头,就和我一样,

但我知道你爱我,必然是因为你爱我。"

然后我想他们就找到了她

当她转过身

去询问固定在她身后的寂静。

我是她税收的管理员

但我知道,而我知道她曾知道……

圣那喀索斯之死 [1]

来到这块灰岩石的影子下——

来到这块灰岩石的影子下，

我会给你看一种东西，既不同于

你影子黎明时在沙滩上平卧，也不同于

你影子靠着岩石在火焰后跳跃，

我要给你看他血淋淋的衣服和四肢，

还有他嘴唇上灰黯的影子。

他曾一度在海洋和悬崖中间漫步，

风让他感到自己的双腿柔和地跨出，

感到自己双臂交叉在他的胸前。

他漫步踱过草坪时，

他透不过气，身不由己。

在河边，他眼睛

只感到他自己手指的尖端。

---

1 那喀索斯是希腊神话中一个美少年，他爱上了自己在水中的影子，憔悴而死，变为水仙花。那喀索斯这个故事在西方又发展成为心理学的一个重要概念——自恋，即只爱自己的病态现象，西方有些学者又把它作为一个哲学概念，探讨当代社会的某些特性，不过艾略特写这首诗也许是另有意思的。据艾略特的传记，艾略特年轻时曾有过一次"超验"的经历，仿佛在几分钟内感到了生活的真谛，这一经历引出了艾略特带有神秘主义色彩的探索，诗中"获得了自身这样美的认识，他深受震动／再不能像普通人那样生活"的描述，可能就是指此，艾略特创作这首诗的日期较早，旋即收入《荒原》的手稿，但未刊发，最后作为一首早年诗单独发表。

获得了自身这样美的认识，他深受震动，
再不能像普通人那样生活，成了上帝的舞者。
如果他在城市的街道里行走，
他仿佛会踩在许多脸上，颤动的大腿和膝盖上。
于是他走了出来，在岩石下生活。

起初他祈愿自己是一棵树，
树枝交错，郁郁葱葱，
盘根错节，缠在一块。

接着他祈愿自己是一条鱼，
滑溜的白肚皮捏在自己手中，
在自己的掌握中扭动，悠久的美
在他现在多美的粉红指尖中攥紧。

接着他祈愿自己是一个年轻姑娘，
在树林中，为一喝醉的老人截住，
最终知道她自己的洁白肌肤的滋味，
她自己凝脂如玉的恐惧，
而他感到醉了，老了。

于是他成了上帝的舞者，
因为他的肉体爱上了那燃烧的箭，
他在火热的沙上舞蹈，

直到箭矢来临，他才停，
当他拥抱着箭，他洁白的皮肤
向血液的殷红献身，得到满足。
现在他绿了，干了，沾了
他嘴中的影子。

给奥菲利思的诗

金灿灿的脚，我不能亲吻或紧攥

在床畔的影子中闪闪发光

也许这真算不了太多

头脑里，这个思想这个鬼魂这个钟摆

从生命晃到死亡

在两条生命中间流着血

        等一次接触　等一次呼吸

风起了，刮碎钟声

这是梦还是其他什么东西

什么时候黑色河流的水面

是一张满是泪水的脸？

我望过一条陌生的河流

篝火中晃动长矛

无题

我是复活和生命，

我是存留的事物，消失的事物。

我是丈夫和妻子，

牺牲品和献祭的刀子，

我是火，但也是黄油。

哀歌

五寻水深处躺着你的勃莱斯坦，

躺在比目鱼和乌贼鱼下，

在死去的犹太人眼睛中，坟墓的疾病！

 此刻，蟹已吞食了眼睑。

 在低处，比水老鼠潜得更低，

 虽然他经受了一番海的变化，

 却依旧是昂贵地丰富和古怪。

这条带子曾是他的鼻孔

 看，他仰卧在此

（骨头从烂了的脚趾中偷偷探出）

 带着沉闷惊讶的瞪视

 潮水涨了，潮水落了

 轻轻把他从一边摇到另一边

 看这嘴唇绽开、绽开

 从牙齿里，金子中的金子

每小时，龙虾都在凝神察看

听！现在我听到它们　嚓　嚓　嚓

辑四 空心人 [1]
（1925）

1　这首诗常被认为是艾略特描写精神空虚的"现代人"的代表作。悲观和虚无主义色彩弥漫在整首诗里，但也有批评家认为正因为艾略特不满现状，才使这首诗有一种批判的高度。第一段围绕着英国的一个焰火庆祝仪式展开。篇首的"老家伙"指的是福克斯，他在1605年试图炸毁国会大厦的阴谋中被捕，以后英国人民就在每年11月5日那天举着模拟他做成的稻草人，放焰火庆祝，孩子们则用这种空心人向家长要一两个便士玩。艾略特首先暗示现代人其实只是空心人，然后又将真正的福克斯——迷失的、狂暴的人，与现代人对比。现代人虽活犹死，在死亡的王国里。第二段描写了空心人和现实的关系，那些"笔直的目光"所能见到的、但诗人还是遇不到那种眼睛；在这个虽生犹死的王国里，一切都是折射的，破断的。诗人希望别再在这里走前一步了，还不如孩子手中的空心人，披上像"老鼠的外衣"等等。第三段，死亡王国里对空心人的迷信，消逝中的星星又暗示着与真正的现实的距离。"独自醒来"，其实还并不意味诗人已走出这个死亡的王国，只是认识到了这一切。第四段中，没有任何眼睛，也就没有任何景象。只有多瓣的玫瑰——宗教的象征——才是空心人的希望，玫瑰和但丁的《神曲》中描写的玫瑰相呼应。第五段，写什么是现状？围着多刺的梨树走是象征性的，阴影落在一切事物之中。空心人的生活是如此可怜，世界在这儿不光彩地告终。

给那老家伙一个便士 [1]

1　这是孩子们向父母要钱时的话，老家伙即指福克斯，福克斯的形象在诗中多次暗示性地出现，第九行中的"干燥地窖"，第十六行中"狂暴的灵魂"，以及第五章中描写的影子的运动，都是与他有关系。

一

我们是空心人

我们是稻草人

互相依靠

头脑子塞满了稻草。唉！

我们在一起耳语时

我们干涩的声音

毫无起伏，毫无意义

像风吹过干草

像老鼠走在我们干燥

地窖中的碎玻璃上。

有声无形，有影无色

瘫痪了的力量，无动机的姿势

那些已经越过界线 [1]

目光直瞪瞪的，到了死亡另一王国的人

记得我们——如果还稍稍记得——不是

作为迷失的狂暴的灵魂，而仅是

---

[1]　艾略特这里显然受到了但丁的影响。但丁在《神曲》历程中经历了三个不同的区域：地狱，炼狱、天堂，空心人似乎应是地狱中的人。

作为空心人，

作为稻草人。

二

我不敢在梦里见到的眼睛 [1]

在死亡之梦的王国里

这些眼睛没有出现：

那里，[2] 眼睛是

一根断裂的柱子上的阳光

那里，是一棵树在摇晃

而种种嗓音是

风里的歌

比一颗消逝中的星

更加遥远，更加严峻。

在死亡之梦的王国里

让我别再移近

让我还穿戴上

这些费尽心机的伪装

老鼠的外衣，乌鸦的皮毛，交叉的木棍

在一片田野里

1　在《神曲》中，但丁不敢与贝特丽丝的眼睛相视，因为那使他想起他对她的世俗之爱以及不忠。

2　死亡的梦的王国里的幻景。

移动，像风那样移动

别再移近——

不是在暮色的王国里

最后的相逢。[1]

三

这是死去的土地 [2]

这是仙人掌的土地

这里升起石像

接受一个死人的手

所做出的哀求

在一颗消逝中星星的闪烁下。

是这样的吗

在死亡的另一个王国里

独自醒来

在那个时刻——我们

因为柔情而颤抖不停

那想接吻的唇

从祈祷吻到了破碎的石头。

1　但丁最后见到贝特丽丝了，但对他这是一次充满畏惧的相逢，因
为他想起了自己的过失。
2　这是"荒原"的景象，"石像"指异教崇拜。

四

眼睛不在这里
这里没有眼睛
在垂死的星星的山谷里
在这个空荡荡的山谷里
我们失去的王国的破下颚

在这最后的相逢之地
我们一起摸索
我们躲避在河水暴涨的
沙滩上收拢的言语

一无所见，除非
那些眼睛重新出现
作为死亡的暮色王国中
永恒的星星
多瓣的玫瑰
空洞洞的人
才有的希望

五

这里我们围着多刺的梨树走 [1]
多刺的梨树，多刺的梨树
这里我们绕着多刺的梨树走
在早晨五点钟。

在思想
和现实中间
在动机
和行为中间
落下了阴影
　　　　因为你的是王国

在概念
和创造中间
在情感
和反应中间
落下了阴影
　　　　生命十分漫长

在欲望

1　这节是对一首童谣的戏仿。

和痉挛中间

在潜在

和存在中间

在精华

和糟粕中间

落下了阴影

　　　　因为你的是王国

因为你的是

生命是

因为你的是

世界就是这样告终

世界就是这样告终

世界就是这样告终

不是嘭的一响，而是嘘的一声。

辑五　灰星期三 [1]
(1930)

1　按基督教的算法，这是四旬斋的第一天，即 3 月 21 日复活节的前四十天。四旬斋的四十天须戒斋和忏悔 (星期日除外)，纪念耶稣在荒野中度过四十天，战胜撒旦的引诱。基督教徒则忏悔他们过去的罪恶，摆脱尘世的诱惑，潜心于上帝的教诲。教堂为灰星期三举行的仪式通常是由一个教士在普通人的前额撒上十字架形的灰，并说："记着，人啊，你来自尘土，还将归回于尘土。"一般认为，这首诗标志着艾略特最终转向天主教，其创作也走向了另一个阶段。1927 年，艾略特加入英国国教天主教，并入了英国籍。在《兰斯劳锐安特罗斯》的序言里，他声明"政治上是保皇党，宗教上是英国国教天主教徒，文学上是古典主义者"。不过，其皈依是比较复杂的。乔治·奥威尔就认为，艾略特早期作品反映了现代资产阶级社会中人们的绝望，但另一方面"一个人不老是对生活绝望，一直绝望到成熟的晚年……或早或晚不得不对生活和社会采取一种肯定的态度"。艾略特精神上的苦闷，或是其到宗教中寻找安身立命之处的原因。诗中的"我"可以认为即是诗人自己，全诗的统一性也就在于诗自始至终是通过"我"这个视角观察的。第一章中的"我"摒弃了人世中的种种希望，因为他认识到神的力量而感到欢欣。第二章写了爱欲的摒弃，诗中的豹是死亡的象征，也是一种吸引力，作为爱的反衬，促人深思。第三章中的"楼梯"很自然地使人想到向上的精神历程，但人是软弱的，这个历程绝非易事。第四章故意以含混的句法开始，大致上是说人与上帝沟通的困难。第五章讨论"道"与现代世界的关系；"道"也就是上帝，上帝的声音本可以在许多场合听到，但现代世界的生活方式使人们远远离开了"道"，尽管世界还是围绕着"道"在旋转。第六章是第一章更高的回旋，开始的几行用"虽然"替代了"因为"，暗示认识真理后的谦卑态度；"白色的船帆依然飞向海的远方"，表明精神的复苏，并重新进入生活。

I

因为我不再希望重新转身

因为我不再希望

因为我不再希望转身

觊觎这个人的天赋和那个人的能量[1]

我不再努力，为得到这些东西而努力

（为什么年迈的鹰还要展翅？）[2]

为什么我要为寻常的王朝

丧失了威权而悲伤？

因为我不再希望重新知道

确凿的时刻的虚弱光芒[3]

因为我不再思想

因为我知道我将不会知道

那唯一真正转瞬即逝的力量

因为我无法畅饮，在那里

1　参看莎士比亚十四行诗第二十四首，"觊觎这个人的艺术和那个人的能量"。描绘诗人孤身独处时痛苦烦乱的心境，但一想到他的爱人，悲哀就变成了欢乐。艾略特引用这行诗暗示他在宗教中得到了安慰。

2　中世纪的基督教传说，鹰到了老年能在阳光和泉水中重新恢复青春，这象征着皈依上帝，通过洗礼获得精神上的新生。

3　这句话可能出自弗吉尼亚·伍尔芙的小说《黑夜与白昼》，艾略特借以形容尘世的一切的不稳定性、不持久性。

群树生花，小溪流淌，因为那里空无一物

因为我知道时间永远是时间
地点始终是地点并且仅仅是地点
什么是真实的只真实于一次时间
只真实于一个地点
我对事物的现状感到欢欣
我拒不承认那张受到祝福的脸
拒不承认那个声音
因为我不能希望重新转身
于是我欢欣，不得不去建成
在此之上欢欣的东西

向上帝祷告赐予我们怜悯
我祷告我能忘却
那些我与自己讨论得太多
解释得太多的事情
因为我不再希望重新转身
就让这些话答复吧
因为那已经做的，不会再做一遍
祈愿对我们的判决别太沉重[1]

因为这些不再是翱翔的翅膀

1　指亚当和夏娃在伊甸园中犯了原罪而被逐出，人类从此都背上了负担。

而仅仅是拍着空气的东西

空气现在彻底渺小和干燥

比意志更为渺小和干燥

教我们操心或不操心

教我们坐定。

现在为我们这些罪人祷告，在临终的时刻为我们祷告

现在为我们祷告，在临终的时刻为我们祷告。[1]

II

夫人，三只白色的豹子蹲在一棵桧树下[2]

在白昼的阴凉中，已经吃得饱厌[3]

哦，在我的腿上我的心上我的肝上还有

在我头脑[4]圆圆的空洞所容的物质上。上帝说

这些骨头是否会活下去？这些

骨头是否会活下去？而那包容在

骨头（骨头已经干了）中的东西叽叽喳喳说：

1　罗马天主教祷告中的原话。

2　按《圣经》记载，雅舍贝尔以死威胁艾里沙。他走入荒野，祈求
上帝赐他一死，相反，上帝给了他食物。

3　据《圣经》，豹子是上帝执行摧毁使命的使者，但这行诗的含意很
模糊，曾有评论者问艾略特本人，意思到底是什么，艾略特只是重复
了这句诗。

4　参看《圣经·以西结书》部分，上帝对以色列人的精神复活所作
的预言。

因为这位夫人的美德

因为她的魅力，因为

她在沉思中归荣耀于圣母玛利亚，

我们光彩焕发。而在这里伪装起来的我

将我的事迹献给遗忘，将我的爱情

献给沙漠的后裔和葫芦的果实。

正是这使我重新得到

我的勇气我眼睛的神经和豹子摒弃的

消化不了部分。这位夫人退回，身穿

白色长袍，沉思默想，身穿白色长袍。

让骨头的雪白来抵偿健忘。

其中没有生命。就像我现在被人遗忘，

将来被人遗忘，于是我就遗忘

这样虔诚不已，目的专注。上帝说[1]

给风的预言，只给风，因为只有

风会倾听。骨头喊喊喳喳

因为蚱蜢的负担[2]，唱着

寂静的夫人[3]

安宁而苦恼

撕碎而完整

---

1 据《圣经》，先知的预言被忽视，遂向大地致辞，因为只有风听他的话。

2 艾略特语意双关地引用《圣经》"以西结书"的一句话，"蚱蜢将要成为负担"（瘟疫），这里的"负担"又指骨头的歌声。

3 这三行诗模仿罗马天主教对圣玛利亚的连祷词中的话。

记忆的玫瑰 [1]

遗忘的玫瑰

筋疲力尽而生机洋溢

焦虑而恬静的

唯一的玫瑰

现在就是花园

那里所有的爱情结束

没有满足的爱情的

最终的折磨

没有尽头的不停的

旅程的尽头

无法结论的

一切的结论

没有词的语言以及

不是语言的词

光荣归于圣母

因为在那花园里

爱情结束一切。

在桧树下那些骨头歌唱，四散闪光

我们高兴到处四散，相互不做好事

在白昼的阴凉中，在一棵树下，还有沙的祝福，

1　在连祷词中，圣玛利亚被喻为玫瑰，不过玫瑰是艾略特诗中经常
出现的一个象征，象征的意义又随上下文而有所变化。

忘却自己和对方，统一于

沙漠的静谧中。这是你将用抽签来 [1]

划分的土地。划分和统一

都无足轻重。这是土地。我们有我们的遗产。

III

在第二节楼梯的第一个拐角上

我转过身子，往下看到

在恶臭的空气烟雾中

同一个形状扭曲在楼梯扶手上

与恶魔一般的楼梯搏斗着——楼梯 [2]

有一张骗人的希望和绝望的脸庞。

在第二节楼梯的第二个拐角上

我离开了依然在下面扭曲、转身的一切；

再无什么脸庞，楼梯一片漆黑，潮湿，粗糙，

就像老人的嘴淌着口水，无可救药，

或是年迈的鲨鱼长出牙齿的食道。

1　参看《圣经·以西结书》的有关章节，上帝要以西结联合约瑟夫等分裂的部落。

2　艾略特在论法国哲学家布莱斯·巴斯喀尔的文章中曾说过，"像恶魔一般的怀疑是信仰之精神所不可分割的"。这里的楼梯是一个象征：象征人们寻找宗教的拯救历程，但在这个历程中，人依然会怀疑神的存在。

在第三节楼梯的第一个拐角上

是一扇有槽的窗，鼓囊囊的像无花果

越过山楂花和牧场风光，

一个穿蓝绿衣服的宽肩膀的人

用古色古香的长笛为五月时光增添魅力。

棕色的汗毛多甜蜜，棕色的汗毛在嘴上，

紫丁香和棕色的汗毛；

心神烦乱，长笛之音，思想在第三节楼梯停顿和迈步；

渐隐，渐隐；越过希望和绝望的力量，

登上第三节楼梯。

主啊，我毫无价值[1]

主啊，我毫无价值

但仅仅说了这话。

IV

谁在紫罗兰和紫罗兰[2]中漫步

谁漫步在

---

1 参看《圣经·马太福音》中的一段话："主啊，我毫无价值，不值得你来到我的屋顶下，但只要说了这话，我的仆人就会痊愈。"
2 教堂做礼拜时代表忏悔和代祷的颜色。

郁郁葱葱的不同行列中

一会儿白一会儿蓝，一会儿显出玛丽的颜色 [1]

谈着琐碎的事情

在永恒悲哀的无知和知识之中 [2]

谁于他们漫步时在人群之间移动，

谁使得喷泉奔放且让溪水清新

使干燥的岩石凉爽，使沙土坚定

在飞燕草的蔚蓝中，玛丽颜色的蔚蓝，

留神啊 [3]

这里是漫步在其中的岁月，始终

携带着长笛和提琴，让

睡着和醒着的时间中走动的人复苏，披着

围绕她折叠、紧裹的白光，折叠地裹紧。

新的岁月漫步，用一片灿烂

云彩似的泪水使岁月复苏

用新的诗句使那古老的节奏复苏，拯救

时间，拯救 [4]

1　教堂做礼拜时代表圣母玛利亚的颜色。
2　但丁的《神曲》中，写在地狱门上的就是"永恒的悲哀"。
3　出自《神曲》中阿诺特·丹尼尔对但丁的话，要他回到人世时，记住他在阴间因为情欲所受的惩罚。
4　艾略特在论文《关于兰姆斯的思想》中的一段话可以作这行诗的注解："拯救时间，这样信仰就在我们面前的黑暗时代中保存下来，重新建设文明，给它新的生命力，将世界从自杀中拯救出来。"

更高的梦里未曾读到的景象 [1]

而戴珠宝的独角兽在镀金的尸车旁走。

无声的修女蒙着蓝白面纱 [2]

在紫杉中，在果园神的后面， [3]

神的长笛喘气，她垂头叹气，无言

然而泉水跃起，鸟声低下

拯救时间，拯救梦境

这个道的标志未听到，未说出

直到风从紫杉中抖出一千声耳语

此后是我们的流放 [4]

V

如果失去的词失去了，如果用过的词用过了

1　在《神曲》中但丁看到一辆独角兽拉的车辆载着他的爱人贝雅特丽齐。艾略特在论文《但丁》中写道："它属于我称之为高级的梦的世界，而现代世界仿佛只能有低级的梦。"

2　在但丁得到允许看贝雅特丽齐美丽的脸庞前，贝雅特丽齐是蒙面纱的。

3　实际上是希腊神话中的丰收之神，其雕像常见于花园中，但下行"神的长笛"指的则是牧羊神潘的笛声。

4　天主教的一句祷告词。

如果听不到，说不出的

词是听不到，说不出的；

依然是那说不出的词，听不到的道

没有一个词的道，在世界内的

和为了世界的道；

光照耀在黑暗中

照耀着道这个不平静的世界依然

围绕这个寂静的道的中心旋转。

噢，我的人民，我对你们做了什么。[1]

道在哪里能被找到，道在哪里

会有回响？不在这里，这里远不够寂静

不在海洋上或岛屿上，也不在

大陆上，或在沙漠或多雨的土地上，

因为那些在黑暗中漫步的人

漫步在白昼的时间和黑夜的时间里

正确的时间和正确的地点不在这里

对于避开那张脸的人没有恩惠之处

对在喧哗中漫步但不听那声音的人没时间欢乐

蒙着面纱的修女会不会祷告——

为那些在黑暗中漫步的人，那些选择你和反对你的人，

---

1 在天主教耶稣遇难仪式中，这原是耶稣在十字架上对人们作的责备，后被写入连祷词中："噢，我的人民，我对你们做了什么？在哪件事情上我伤害了你们？因为我将你们带出了埃及的土地，而你们为你们的拯救者准备了一个十字架？"

那些在季节和季节，时间和时间，小时和小时，

词和词，力和力中间的角上被撕碎的人，那些

在黑暗中等待的人——祷告？

蒙着面纱的修女会不会祷告——为那些在门口

不肯走开，也不能祷告的孩童祷告：

为那些选择和反对的人祷告

噢，我的人民，我对你们做了什么

修长的紫杉中蒙着面纱的修女会不会祷告——

为那些冒犯了她

惊惶失色的，又不能投降的人，

为在世界前断言的，在岩石中否认的人祷告

在最终的蓝色岩石中终极沙漠中

花园中的沙漠干旱的沙漠中的

花园，将枯萎的苹果籽从嘴中吐出。

噢，我的人民。

VI

虽然我再不希望重新转身

虽然我再不希望

虽然我再不希望转身

在得失之间犹豫不定

在短暂的运行中，那里梦越过

诞生和死亡之中的梦笼罩的暮色

(祝福我父亲)虽然我不再愿望

对这些东西抱有愿望，

从宽敞的窗户通向花岗岩的海岸

白色的船帆依然飞向海的远方，海的远方

不能折断的翅膀

在失去的紫丁香和失去的海浪声中

那颗失去的心渐硬又欢欣，

微弱的精神加速背叛

因为那弯弯的金色杆子和失去的海洋味儿

加速收回

鹌鹑和飞鸰的啼唤

瞎了的眼睛

在象牙门的中间塑造空空的形式[1]

气味使有着沙土的盐味复新

这是死亡与诞生之中一个紧张的时刻

---

1 参见维吉尔《埃涅阿斯纪》中一段描写："虚假和骗人的梦从冥世
的象牙门中走向人间。"

三个梦在蓝色的岩石中越过的

寂寞的地方

但当从这棵紫杉摇下的声音飘远

让另外的紫杉震动并且回答

幸福的姐妹，神圣的母亲，泉水之灵，花园之灵

不让我们用谎言来嘲笑我们自己

教我们操心或不操心

教我们坐定

甚至在岩石之中，

我们安宁在他的意志之中[1]

甚至在这些岩石之中

姐妹，母亲

河流之灵，海洋之灵

别让我被分离开来[2]

让我的喊声来到你的身边[3]

1　引自但丁的《神曲》。

2　天主教圣诗《耶稣的灵魂》中的一句。

3　天主教的弥撒仪式中有一句："听我的祷告，噢，主!"

辑六　阿丽尔诗

三圣人的旅程 [1]

"我们碰上一个寒冷的清晨，

恰恰在一年中最糟的月份，

作一次旅程，如此漫长的旅程；

路途深邃，气候严峻，

冬日一片死气沉沉。"

骆驼伤痕遍体，蹄子太酸痛了，再难以驾驭，

躺倒在渐渐融去的雪中。

有时我们会后悔地回想，

斜坡上夏日的宫殿、草坪，

还有遍体绮罗的姑娘端上果子露。

于是拉骆驼的人咒骂、埋怨，

四散逃去，追逐他们的烈酒和女人，

深夜里营火熄灭，无处可以蔽身，

城市又充满敌意、小镇无友好之情，

村庄肮脏不堪，索价高得要命：

我们可真是备尝艰辛。

最后我们宁可彻夜旅行，

---

1 据《圣经·马太福音》，耶稣诞生时，有三个圣贤从东方来朝拜。但艾略特用嘲讽的笔触反写其中一个圣贤（老人）对这一旅程的回忆，仿佛留在他脑际的仅是途中遭受的屈辱和艰辛，而对耶稣诞生这一事件他却感到稀里糊涂，根本不能理解。当然，艾略特的故作反语，还是为了让读者意识到：不信教的人无法理解宗教的真正意义。

断断续续地睡上一阵

还有声音唱在我们耳中，说

这是彻头彻尾的愚蠢。

拂晓，我们来到一个温煦的山谷。

在湿漉漉的雪线下，种种植物气息袭人，

小溪潺潺，一辆水车拍击着黑暗，

三株树[1]映着低低的天空，

一匹年迈的白马[2]在草地上奔腾。

然后来到一家门楣上绕着葡萄叶子的酒店，

敞开的门里，六只手为几片碎银掷着骰子，

脚还在踢空空的皮制酒袋。

然而依旧没有消息，于是我们继续赶程，

傍晚时到达，一点儿也不算太早

找见那个地方：它（你或许会说）还令人满意。

所有这些都是遥远的往事，我记得，[3]

我愿意重新再做一遍，但是要写下来，

写下这个：

我们被领着走了那一段路程

为了新生或是死亡？当然，有一个人诞生，

我们无疑有证据。以前也目睹过诞生和死亡，

1　耶稣遇难处有三个十字架，一个是耶稣的，两个是"罪犯"的。

2　按《圣经·启示录》，耶稣骑在一匹白马上。

3　从这一行起，艾略特点明老人讲故事的戏剧性场景，这一场景的构思可能受到爱尔兰诗人叶芝一篇散文诗的影响。

但总以为两者截然不同，那个诞生对我们

是艰难和剧烈的痛苦，就像死亡，我们的死亡。

我们回到我们原先的地方，这些王国，

但在旧时的律法中[1]这里再也不得安宁，

一群不同的人民抓紧他们的神。

我本应对另一次死亡感到高兴。

1　新的律法即指基督教。

西蒙之歌 [1]

主啊，罗马的风信子在盆中盛放，

冬天的太阳爬上了白雪覆盖的山岭；

这个顽固的季节已站住了脚跟。

我生命轻飘飘的，等待死神之风，

就像在我的手背上的一根羽毛。

阳光下的尘土，角落里的记忆，

等待那往死地冰冷地吹的风。

施予我们你的和平。[2]

我在这个城里行走了多年，

守着斋，守着信仰，照顾穷人，

得到过也给予过荣誉和舒适。

人们有求总能进我的门。

1　西蒙的故事见《圣经·路加福音》。西蒙是个年老而虔诚的犹太人。他住耶路撒冷，日夜等待摩西的来临，圣灵向他显示说他能活到看见耶稣后才死。他来到了寺院，新生的耶稣正在那里受割礼；西蒙将耶稣抱在怀里，他自己生命的使命也就完成了。西蒙激动地说："主啊，按照你的话，现在让你的仆人安静地离去吧，因为我已亲眼看到你的拯救……"西蒙还向玛利亚预言了将来的苦难，艾略特在诗中从十三行起写及了这点。在晚期诗中，艾略特常常取材于一些历史上的故事与传说来表达他自己的思想，这首诗一方面反映了他自以为终于在宗教中看到了希望，另一方面也流露了他对人类社会前景的悲观思想。不过在艺术技巧上，这种写法并非"借题发挥"，而是从诗的戏剧性场景发展出来的。

2　祈求上帝祝福的一种连祷。

当那悲哀的时刻来临，

谁会记得那住着我儿孙的房子？

他们将走山羊的路，去狐狸的窝，

逃离异国的脸和异国的剑。

在捆绑、鞭笞和哀叹[1]的时刻之前

施予我们你的和平。

在荒凉山[2]的宗教许愿堂前，

在母性之痛苦的那一钟点之前，[3]

此刻，在这个死亡的诞生季节，

让那个婴孩，那依然不说和不被人说的词，

把以色列的[4]安慰

施给个活了八十岁而没有明天的人。

遵照你的旨意。

他们将世世代代赞美你，

因为光荣，因为嘲讽，

光接着光，登上圣者的梯子。

不是为了我，这烈士的境界，思想和祷告的狂喜，

不是为了我，这最后的景象。

施予我你的和平

1　耶稣临刑前曾受到鞭笞。耶稣受难时人们一片悲哭。

2　即骷髅山，耶稣被钉十字架之处。

3　据记载，耶稣死于"第九个小时"。

4　按《圣经》的说法，以色列是上帝答应赐给犹太人的国土。

(一把利剑将刺穿你的心[1]

和你自己。)

我已对自己的生活和后人的生活感到厌倦,

我正经历着自己的、后人的死亡。

看到了你带来的拯救后,

让你的仆人离去吧。

---

[1] 西蒙对玛利亚的预言。

一颗小小的灵魂 [1]

"从上帝的手中遣出，那单纯的灵魂！" [2]

来到一个充满灯光和噪声的乏味世界，

来到亮的、黑的、干的或潮的、冷的、或暖的之中；

在桌子腿和椅子腿中间移动，

升起或落下，攥住膝盖和玩具，

勇敢地前行，猛然又吃一惊，

退到手臂和膝盖的角落里

急于得到安慰，在圣诞树的

璀璨辉煌中获得乐趣，

煦风中，阳光下，大海里的乐趣，

揣摩着阳光在地上排出的图案

还有围绕着一只银盘奔跑的牡鹿，

搞混那现实的和那幻想的事物，

满足于玩玩牌——皇帝和皇后，

仙女做些什么，仆人又说什么。

成长中的灵魂的沉重负担

日复一日，越发迷惑、冒犯，

周复一周，越发冒犯、迷惑，

1　诗题为拉丁文，诗写的是一颗小小的灵魂的成长过程。

2　第一行诗从但丁的《炼狱》引出，艾略特稍做修改。

因为那种"是和似乎是"[1]的规则，

还有可能和不可能，欲望和抑制，

生存的痛苦和梦的麻醉

在《大不列颠百科全书》后的

窗台上蜷起了小小的灵魂。

从时间的手中遣出，那单纯的灵魂[2]，

优柔寡断，自私自利，怪模怪样、一跛一瘸，

不能向前行走，或者往后退回，

惧怕温暖的现实，慷慨的善行，

拒不承认血液缠扰不休的关系，

自己影子中的影子，自己阴郁中的幽灵，

堆满尘土的房里留下混乱的纸张，

领了临终圣餐后，活于一片寂静之中。

为基特里尔[3]祈祷，他追求速度和权力，

为鲍丁祈祷，他被人炸得血肉横飞，

因为前一个人发了大财，

而后一个人走了自己的路，

为弗劳莱特祈祷[4]，他在紫杉丛中被猎犬撕碎，

现在为我们祈祷，在我们出生的时刻祈祷。

1　这是从哲学家布拉德雷著作中引申出的，布拉德雷的《表象和实在》探讨了现象（看到的）和实质（存在的）的区别，这里暗示成长中的灵魂所面临的问题。

2　从这行起，艾略特本人说过：基特里尔和鲍丁"代表两种不同类型的生涯，

3　艾略特本人说过：基特里尔和鲍丁"代表两种不同类型的生涯，前者是机器时代中的成功者，后者死于上一次战争"（即第一次世界大战）。

4　艾略特说是一个虚构的名字。

玛丽娜[1]

> "这是什么地方,什么区域,世界的什么角落?"[2]

哪些海洋哪些海岸哪些礁石哪些岛屿

哪些海水轻轻拍打船舷

松树的芳香和画眉的歌声透过浓雾

哪些意象回旋

噢,我的女儿

那些磨尖狗的牙齿的人,意味着

死亡

那些与蜂鸟的光彩一起闪耀的人,意味着

死亡

那些端坐在满足的猪圈中的人,意味着

死亡

那些享受动物的狂喜的人,意味着

死亡

1　这首诗取材于莎士比亚戏剧《泰尔亲王佩力克里斯》。戏中亲王的女儿玛丽娜生在船上,但于旅途中遗失,亲王认为她已经死去,后来玛丽娜长成一个姑娘,奇迹般地回到父亲身边。艾略特认为"相认"这一幕是很了不起的,是"纯戏剧化的完美范例"。评论家一般认为艾略特借用这一戏剧场景,描叙他自己在宗教中找到生活的真正意义,因此也是一种失而复得的狂喜。
2　出自塞涅卡的悲剧《赫拉克勒斯》。赫拉克勒斯在因朱诺引起的一场疯狂中杀害了全家后,渐渐醒悟到自己的罪行时,说了这段话。

他们变得轻若鸿毛，为一阵风吹去
一阵松涛，画眉的歌声，浓雾的回旋
在这个恩惠中溶失于空洞

这张脸是什么，更模糊而更清楚
手臂的脉动，更虚弱而更强壮——
给予或借？比星星更远，比眼睛更近
窃窃低语和悄悄笑声在树叶和匆匆的步子中
在熟睡中，那里海浪相遇海浪。

第一斜桅结冰断裂，油漆过热而剥落。
我做了这次航程，我已忘却，
现在又记起。
索具脆弱，船帆腐烂
在一个六月和另一个九月之间。
做得无人知晓，也仅仅意识到一半，秘密的，我自己的。
龙骨翼板的外板漏水，船缝需要堵紧
这个形式，这张脸庞，这种生活
活着为了生活在一个超越自我时间的世界里；让我
为这种生活摒弃我的生活，为那没说的词摒弃我的词，
那苏醒的，嘴唇张开，那希望，那新的船只

哪些海洋哪些海岸哪些花岗岩岛屿向着我的船骨
画眉透过浓雾婉转
我的女儿。

辑七　未完成的诗

斗士斯威尼 [1]

俄瑞斯忒斯 [2]：你看不见他们，你看不见——但我看见他
们：他们在追捕我，我必须往前走。

——《奠酒人》[3]

因此灵魂不能有神圣的结合，除非能从自身去掉造物的
爱。

——圣十字约翰 [4]

---

1 艾略特没有将《斗士斯威尼》的这两个片段归入诗剧，而是收到
"未完成的诗"的总标题下，显然有他自己的道理。从语言的节奏来看，
这两个片段读起来十分有力、强烈，但仅仅是这样的节奏还难以达到
在传统舞台上真正演出的标准，因为戏剧的展开还需要一些其他的
东西。因此国外也有评论家指出，《斗士斯威尼》比后期的诗剧更为
成功，颇有一些荒诞派戏剧的韵味。《斗士斯威尼》的主角自然是斯
威尼。在艾略特的笔下，斯威尼是下层社会的代表人物。没有文化，
缺乏头脑，讲的是不堪入耳的粗话，做的是荒淫无度的粗事，出没的
地方不是酒馆，就是妓院。在这两个片段中，他显然也是和一些不正
经的男女混在一起，属于那种"有身无灵，有欲无情"的典型。不过，
艾略特对斯威尼的态度多少又是矛盾的。根据艾略特的传记，艾略特
本人显然更接近普鲁弗洛克的类型——优柔寡断，苍白无力，缺乏真
正投入生活的激情。正是在这个意义上，斯威尼所代表的那种生活方
式对诗人依然有着独特的吸引力。当然，艾略特根本没有这种生活经
验，他笔下的斯威尼或斯威尼式人物往往显得不够真实，至少是不全
面的。除了这两个片段，斯威尼还在《笔直的斯威尼》《夜莺声中的
斯威尼》以及《荒原》等作品中出现过，可以参照着看。

2 古希腊神话中阿伽门农之子。

3 古希腊悲剧作家埃斯库罗斯名剧《俄瑞斯忒斯三部曲》的第二部。

4 圣十字约翰（John of the Cross），西班牙神秘主义诗人。

序诗的片段

达斯蒂、多丽丝

达斯蒂: 佩雷拉怎样?

多丽丝: 什么佩雷拉怎样?

我想都不想。

达斯蒂: 你想都不想!

谁付租金?

多丽丝: 是的,他付租金

达斯蒂: 哦,一些人不付一些人付

一些人不付,是谁你清楚

多丽丝: 你可以算上佩雷拉

达斯蒂: 佩雷拉怎样?

多丽丝: 他不是正人君子,佩雷拉:

你压根儿不能信他!

达斯蒂: 哦,确实如此。

如果你不信他,他就不是正人君子

还有如果你不信他——

他要做什么,你就永远也吃不准。

多丽丝: 要对佩雷拉太好了可不行。

达斯蒂: 我说山姆是个十足的正人君子。

多丽丝: 我喜欢山姆。

达斯蒂: 我喜欢山姆。

是的,山姆真不赖。

他是个有趣的家伙。

多丽丝：　　　　　　　　　　他是个有趣的家伙

他很像我认识的一个家伙。

他就是能让你笑出声。

达斯蒂：　　　　　　　　山姆就是能让你笑出声，

山姆就是行。

多丽丝：　　　　　　　　但佩雷拉偏偏做不到。

我们别指望佩雷拉

达斯蒂：　　　　　　　　那么你要做什么？

电话：　丁零零丁零零

丁零零丁零零，

达斯蒂：　　　　　　　　那是佩雷拉打来的

多丽丝：是的，真是佩雷拉打来的

达斯蒂：　　　　　　　　那么你怎么办？

电话：　丁零零丁零零

丁零零丁零零

达斯蒂：　　　　　　　　就是佩雷拉打来的，

多丽丝：你让这可怕的声音停一停吧？

拎起那只听筒

达斯蒂：　　　　　　　　我说什么呢？

多丽丝：随你说什么，说我病了，

说我在楼梯上摔断了腿，

说我们遭遇了一场火灾

达斯蒂：　　　　　　　　哈喽哈喽你在吗？

是的这是多丽丝女士的公寓——

噢佩雷拉是你吗？你好呀！

哦，我真遗憾，真遗憾

多丽丝回家来得了重伤风

不，仅仅是伤风

呃我觉得那只是伤风

是的我确实这样希望——

唔，我希望我们不用去请医生，

多丽丝不愿和医生打交道，

她说星期一给你打电话，

她指望星期一就全好了，

我挂电话你介意吗?

她把腿泡在芥泥与热水中

我刚才说我正给她芥泥与热水，

好吧，星期一你打电话过来。

是的我会告诉她。再见。再——见。

你真好，我可是信了。

啊——啊——啊

多丽丝： 我要为今夜算算牌。

哦猜猜首先是什么

达斯蒂： 首先是。是什么?

多丽丝： 草花 K

达斯蒂： 是佩雷拉

多丽丝： 也许是斯威尼

达斯蒂： 是佩雷拉

多丽丝： 同样可能是斯威尼

达斯蒂： 反正这挺奇怪。

多丽丝：这张方块 4，什么意思?

达斯蒂：（读）"一小笔钱，或送的一件衣服

或一个宴会"，这也怪。

多丽丝：这张是三点，什么意思，

达斯蒂："不在身边的友人的消息"——佩雷拉!

多丽丝：红桃皇后——波特夫人!

达斯蒂：或也可能是你

多丽丝：　　　　　　　　或也可能是你

我们都可能是，真说不准。

得看下面一张是什么。

读这张牌你得想一想，

这可不是件所有人都能做的事。

达斯蒂：我知道你玩牌有讲究。

下面一张是什么?

多丽丝：　　　　　　　下面是什么。是六点。

达斯蒂："一场争吵，一种疏远，朋友的别离。"

多丽丝：这张是黑桃 2

达斯蒂：　　　　　　黑桃 2!

那是棺材!!

多丽丝：　　　**那是棺材?**

噢老天啊，我该怎么办?

恰恰是在一次聚会之前。

达斯蒂：哦不一定是你的棺材，也许是你一个相识的。

多丽丝：不，那是我的，我肯定那是我的。

昨夜一夜我都梦到了结婚。

是的，那是我的。我知道那是我的。

噢老天啊我该怎么办。

我不抽牌了，再也不抽了。

你抽抽看运气怎样。你抽一张。

也许真能冲了这阵邪。抽抽看运气怎样。

达斯蒂： 黑桃 J。

多丽丝： 　　　　　　　　　那也许是斯诺

多丽丝： 那也许是史沃兹

达斯蒂： 　　　　　　　　　　　或也可能是斯诺

达斯蒂： 奇怪我会抽了大牌

多丽丝： 你拿牌的方式大有讲究呢

达斯蒂： 我感觉的方式更讲究得要命

多丽丝： 常常它们什么都不告诉你

达斯蒂： 你得知道你问它们什么

多丽丝： 你得知道你要知道什么

达斯蒂： 问它们太多没用

多丽丝： 问两次也没用

达斯蒂： 常常它们压根儿不顶用。

多丽丝： 我想知道那张棺材。

达斯蒂： 不行。我刚才告诉你什么了？

我不是说我总抽大牌吗？

红桃 J！

（窗外口哨声）

　　　　　　　　　不行

真是巧合啊！牌多怪！

（又闻口哨声）

多丽丝：是山姆吗？

达斯蒂：当然是山姆！

多丽丝：当然，红桃J是山姆！

达斯蒂：（身子伸出窗外）哈喽山姆！

沃科普：　　　　　　　　哈喽亲爱的

楼上有多少人？

达斯蒂：　　　　　　　　这里没什么，

楼下有多少人？

沃科普：　　　　　　　　　我们一共四个。

等一下，等我把车转过街角，

我们马上就上来

达斯蒂：好吧，来吧。

沃科普：我们马上就上来。

达斯蒂：（对多丽丝）牌多奇怪，

多丽丝：我真想知道那张棺材的奥秘

敲门、敲门、敲门

敲门、敲门、敲门

敲门

敲门

敲门

多丽丝、达斯蒂、沃科普、霍斯法尔、

克列泼斯坦、克勒姆泼克

沃科普：哈喽多丽丝！哈喽达斯蒂！你们好啊！

怎么样？怎么样？你们是否允许我——

我想你姑娘们都认识霍斯法尔上尉——

我们想让你们见见我们的两个朋友，

两个到这里做生意的美国绅士。

克列泼斯坦先生、克勒姆泼克先生。

克列泼斯坦： 你们好

克勒姆泼克：   你们好

克列泼斯坦： 很高兴结识你们，

克勒姆泼克： 认识你们真是荣幸，

克列泼斯坦： 山姆——我应该说路特·山姆·沃科普

克勒姆泼克： 加拿大远征军的路特。

克列泼斯坦： 路特告诉了我们许多你们的事。

克勒姆泼克： 我们都参加了同一场战争，

　　　　　　克列泼和我，上尉，还有山姆。

克列泼斯坦： 我们尽了我们的微力，就像你们说的那样。

　　　　　　我们要告诉世界我们赶跑了敌人

克勒姆泼克： 那场扑克玩得怎么样，怎么样，山姆？

　　　　　　在波陶克斯的那场扑克怎么样，

　　　　　　是的，多丽丝小姐你让山姆

　　　　　　来告诉我们在波陶克斯玩的那场扑克。

达斯蒂： 你对伦敦熟吗，克勒姆泼克先生？

克列泼斯坦： 不，我们以前从未来过，

克勒姆泼克： 昨天晚上我们第一次来，

克列泼斯坦： 我当然希望这不是最后一次。

多丽丝： 克列泼斯坦先生，你喜欢伦敦吗？

克勒姆泼克：我们喜欢伦敦吗！我们喜欢伦敦吗！

我们喜欢伦敦吗！！克列泼你说怎样？

克列泼斯坦：我说——呃——小姐，伦敦真了不起

我们太喜欢伦敦了。

克勒姆泼克：　　　　　　　　　棒极了。

达斯蒂：　那么你们为什么不来这儿住呢？

克列泼斯坦：嗯——呃——小姐——你没有完全理解

（恐怕我没有听清楚你的名字——

但见到你我还是一样喜欢）

对我们来说，伦敦太刺激了一些

是的，我说太刺激了一些。

克勒姆泼克：对我们来说，伦敦是太刺激了一些

别以为我指的是什么低下的东西——

但我担心我们无法消受这种节奏

克列泼你说怎样？

克列泼斯坦：　　　　　　　你已说到点子上了，

克勒姆，

伦敦可是个棒极了的地方，了不起的地方

克勒姆泼克：尤其当你有一个真正的英国人，

像山姆这样的人领你到处转转

山姆在伦敦当然是熟极了

他答应领我们到处转转

一场争论的片段

斯威尼、沃科普、霍斯法尔、克列泼斯坦、

克勒姆泼克、史沃兹、斯诺、多丽丝、达斯蒂

斯威尼：　　　　　　　　我要把你带到

　　　一个食人生番的岛上。

多丽丝：你将是吃人者！

斯威尼：你将是传教士！

　　　你是我小小的七英石[1]传教士！

　　　我要把你吞下。我将是吃人者。

多丽丝：你把我带走？带到一个食人生番的岛上？

斯威尼：我将吃人。

多丽丝：　　　　　　　　我将传教。

　　　我要让你转变！

斯威尼：　　　　　　　我要让你转变！

　　　变到一只炖菜里。

　　　一只妙而小、白而小的教士炖菜。

多丽丝：你不会吃了我吧！

斯威尼：　　　　　　　当然我要吃了你！

　　　在妙而小，白而小，软而小、嫩而小的，

　　　汁多而小的，火候正好而小的教士炖菜中，

　　　你看见这只鸡蛋

　　　你看见这只鸡蛋

1　重量名，按规定是14磅。

嘿那是鳄鱼岛上的生命。

没有电话

没有唱机

没有汽车

没有两座的车，没有六座的车，

没有西铁隆，没有罗尔斯——罗伊 [1]。

没有吃的，只有岛上生长的水果。

没有看的，只有一条路上的棕榈。

还有另一条路上的海，

没有听的，只有波涛击岸。

一无所有，除了三件事。

多丽丝：　　　　　什么事？

斯威尼： 出生、性交、死亡。

那就是一切，那就是一切，那就是一切，那就

是一切。

出生、性交、死亡。

多丽丝： 我准会感到厌烦。

斯威尼：　　　　你准会感到厌烦。

多丽丝： 我准会感到厌烦。

斯威尼：　　　　你准会感到厌烦。

出生、性交、死亡。

说到底，你经历的也就是这一切：

出生、性交、死亡。

1　车名。

我已出生了，一次也就够了。

你不记得，但我记得，

一次也就足够。

沃科普和霍斯法尔的歌

史沃兹作为小鼓，斯诺作为骨头

在竹枝下

竹枝竹枝

在竹林下

两个人像一个人似的生活

一个人像两个人似的生活

两个人像三个人似的生活

在竹枝下

在竹枝下

在竹林下

那里面包果落下

还有企鹅阵阵叫唤

声音是海洋的声音

在竹枝下

在竹枝下

在竹林下

那里高个儿姑娘

在榕树的阴影下

身披棕榈衣饰

在竹枝下

在竹枝下

在竹林下

告诉我在林子的哪一部分

你要和我调情？

在面包树下，在榕树下，在棕榈下

或在竹枝下？

任何一棵老树都行，

任何一棵老树都同样行

任何一个古老的岛即是我的风格

任何新鲜的鸡蛋

任何新鲜的鸡蛋

还有珊瑚海的涛声。

多丽丝：我不喜欢鸡蛋，我从不喜欢鸡蛋，

我不喜欢你那鳄鱼岛上的生活

克列泼斯坦和克勒姆泼克的歌

史沃兹和斯诺如前

我小小的海岛姑娘

我小小的海岛姑娘

我要和你住在一起

我们不用担愁要做什么

不用非得赶一辆大车

遇上雨天我们不用回家

我们要采木槿花

因为不是多少分钟而是多少小时

因为不是多少小时而是多少年

渐弱地 {
和早晨

和傍晚

和中午

和黑夜

早晨

傍晚

中午

黑夜
}

多丽丝： 那不是生活，那不是生活

哦我宁可还是去死。

斯威尼： 生活就是这样，就是——

多丽丝： 是什么？

那种生活是什么？

斯威尼： 生活就是死亡。

我知道一个人曾骗过一个姑娘——

多丽丝： 噢斯威尼先生，请别说了，

你来之前我在洗牌，

而我抽到一张棺材。

史沃兹：　　　　　你抽到一张棺材？

多丽丝：我最后一张牌抽到棺材，

我不喜欢这样的谈话。

一个女人真得冒可怕的风险。

斯诺：　让斯威尼先生继续讲他的故事。

我向你保证，先生，我们很感兴趣。

斯威尼：我知道一个男人曾骗过一个姑娘，

任何一个男人都可以骗一个姑娘，

任何一个男人不得不，也肯定想要

在一生中有一次骗一个姑娘。

嘿他让她躺在澡盆里

躺在一加仑的杂酚皂液里[1]

史沃兹：这些家伙最后总给人逮起来。

斯诺：　对不起，这些家伙最后并不全给逮起来。

埃昔索姆[2]荒地的骨头又是怎么回事？

我在报纸里读到过，

你在报纸里读到过，

他们最后并不全给逮起来。

多丽丝：一个女人真得冒可怕的风险。

斯诺：　让斯威尼先生继续讲他的故事。

斯威尼：这个家伙最后没给逮起来，

但那是另外一个故事。

这件事持续了两个月

1　旧译"来苏儿"，为一种消毒防腐剂。

2　英国伦敦南部的城市。

　　　　　　没人来

　　　　　　没人去

　　　　　　可他取牛奶，他付房租。

史沃兹： 他干了什么？

　　　　　　那段时间里他干了什么？

斯威尼： 他干了什么？他干了什么？

　　　　　　那可是毫无关系。

　　　　　　向活人讲他们做什么。

　　　　　　他过去常常来看我

　　　　　　我给他喝一杯，让他高兴。

多丽丝： 让他高兴？

达斯蒂： 　　　　　让他高兴？

斯威尼： 又是毫无意义的话

　　　　　　但我跟你们说话总得用些字。

　　　　　　但这里是我要说的内容。

　　　　　　他不知道是不是他还活着

　　　　　　　　　　而那姑娘死了

　　　　　　他不知道是不是他死了

　　　　　　　　　　而那姑娘还活着

　　　　　　他不知道是不是他们两个都活着

　　　　　　　　　　或两个都死了

　　　　　　如果他活着那么送牛奶的人就是死了

　　　　　　　　　　那么收房租的人就是死了

　　　　　　如果他们活着那么他就死了。

　　　　　　没有任何关系

没有任何关系

当你独自一人时就像他独自一人时那样

你又生又死，又死又生，

我再次告诉你这没有关系

死还是活还是活还是死

死就是活，活就是死

我跟你们说话总得用些字

但你们是懂还是不懂

对我毫无关系对你们毫无关系

我们总得做我们得做的事

我们总得坐在这里喝杯酒

我们总得坐这里唱一支歌

我们总得留下我们总得走

而某个人总得付房租

多丽丝： 我知道是谁

斯威尼：但这对我毫无关系对你毫无关系。

合唱： 沃科普、霍斯法尔、
克列泼斯坦、克勒姆泼克

当你单身一人，半夜时分猛然醒来

冷汗涔涔，恐慌万分

当你孤身一人躺在床上，醒来就像

有人在你头部猛击了一下

你做了恶梦最可怕的一段

同时晕眩喧嚣向你袭来。

呼　呼　呼

你梦到你在七点钟醒，又雾又潮

　　又是黎明又是黑暗时

你等着门上敲一声，门锁转一声

　　因为你知道刽子手在等你。

也许你是活的

也许你是死的

呼　哈　哈

呼　哈　哈

呼

呼

呼

敲门　敲门　敲门

敲门　敲门　敲门

敲门

敲门

敲门

科里奥兰纳斯（节选）

I 凯旋的进军 [1]

石、青铜、石、钢、石、栎树叶、马蹄

在铺出的路上。

旗帜。号角。还有这许多只雄鹰。

究竟多少？数一数。还有这样密集的人群

那天我们几乎不认识自己，也不认识这个城市。

这是通向寺庙的路，我们这么多人挤满了路。

这么多人等着；多少人？这个日子，又有什么关系？

他们来了？没有，还没有。你能看到鹰。听到号角。

他们来了。他来了？

我们自我自然醒着时的生活就是观察。

我们可以等着，坐在凳子上吃香肠。

什么最先来临？你看得清吗？告诉我们，那是

---

1 这首诗和组诗中的第二首《一个政治家的困难》（*Difficulties of a Statesman*）都以"英雄主义"为主题。按照艾略特的看法，"英雄主义"是强大的力量，在思想和现实中不会落下阴影，但它在经验中寻求自我表达，因此它同经验的关系一般都是悲剧性的。科里奥兰纳斯是古罗马的将军，也是莎士比亚一部历史剧的主人公，同时是艾略特最为赞赏的英雄人物之一。他身上有两层孤立性：一层是英雄的孤立，另一层是自我的孤立。《凯旋的进军》中的英雄是"现代化"的科里奥兰纳斯式形象，但诗是从"无知的群众"的视角写的。第一行中的"石、铜、石、钢……"暗示古今的战争都一样，而诗在数了这许多武器后才让"他"出现，影射他再也不是莎士比亚笔下的悲剧性英雄，而是被现代的物质异化、淹没了。

5,800,000 支步枪和卡宾枪、

102,000 挺机关枪,

28,000 门迫击炮,

53,000 门野战炮和重炮,

我数不清到底有多少炮弹、地雷和导火线,

13,000 架飞机、

24,000 个飞机引擎,

现在是　55,000 辆弹药车,

11,000 个战地厨房,

1,150 个战地烘烤房。

这要走多长时间！轮到他了吗？不。

这些是高尔夫球俱乐部领头的,那些,童子军,

现在是法国普瓦西体操协会,

现在走来了市长和侍从。瞧

他来了,瞧:

他的眼里没有一丝疑问,

手上也没有,静静地搭在马颈上,

观察着、等待着、眺望着,不动声色。

噢掩盖在那鸽子的羽毛下,藏在乌龟的胸膛中

在中午的棕榈树下,在那潺潺的流水下,

在旋转的世界的静止点上。噢藏着。

现在他们走向寺庙,然后就是献祭。

现在走来捧着缸的处女,缸里是

尘土

尘土

尘土的尘土。现在

石、青铜、石、钢、石、栎树叶、马蹄

在铺出的路上。

那是我们所能见到的一切，但这么多雄鹰，这么多号角！

（复活节，我们未曾去乡间

于是我们将年轻的西里尔带去教堂。人们鸣钟，

他高声说，松脆烤饼。）

       别扔掉那些

还派得上用场的香肠。他多才多艺，请你

给我们借个火？

光

光

士兵立成了一道人墙吗？对，立成了一道人墙。[1]

1　原文为法语。

辑八　小诗

我最后一次看到那充满泪水的眼睛

我最后一次看到那充满泪水的眼睛

越过分界线

这里，在死亡的梦幻王国中

金色的幻象重新出现

我看到眼睛，但未看到泪水

这是我的苦难

这是我的苦难

我再也见不到的眼睛

充满决心的眼睛

除了在死亡的另一王国门口

我再也见不到的眼睛

那里，就像在这里

眼睛的生命力更长

比泪水的生命力更长

眼睛在嘲弄着我们。

风在四点钟刮起

风在四点钟刮起

风刮起，敲响钟

在生命和死亡之中晃动

这里，在死亡的梦幻王国中

混乱争斗的回声唤醒众人

这是一场梦还是其他什么东西

黝黑下来的河面

这是沾满汗水并混着泪水的脸庞？

越过黝黑的河流我看到

篝火在异国的枪矛下抖动。

这里，越过死亡的另一条河流，

鞑靼骑兵挥动他们的长矛。

五指练习（节选）

I 写给一只波斯猫的几行诗

空中的歌唱家们飞向
罗素广场的绿色草坪，
树荫下没什么东西
可放松灯蛾毛虫沉闷的头脑，
尖锐的欲望，以及敏捷的眼睛。
只有在悲伤中才有安慰。
噢什么时候心的嘎吱作响停止？
什么时候破旧椅子能使人惬意？
什么时候夏日能姗姗来迟？
什么时候时间能流逝？

II 给一只约克夏狗的几行诗

焦黄的田野中屹立着一棵树，
树身弯曲而干枯。
在漆黑的天空中，从一片绿云里
传来大自然力量的高声尖叫，
不停地嘶喊、嘎嘎、喃喃。

小狗安全又温暖，

裹在一条印花的鸭绒被中，

然而田野龟裂、焦黄，

树木受到挤压、干枯。

可怜的小狗小猫都不得不

亲爱的小猫小狗都不得不

和殡仪人一样，归于尘土

这里一只小狗，我停住

举起我的前爪

停住，又不停地睡。

Ⅴ 为库斯库喀拉威和米尔扎·穆拉德，阿里·贝格写的诗行[1]

遇到艾略特多不愉快！

他的容貌一副教士气派，

他的额角这样肃穆严峻，

他的嘴巴这样一本正经，

他的谈吐，这样优雅，

仅说些"究竟什么"呀

"如果"呀"也许"呀"但是"呀。

---

[1] 这是幅很逼真的自画像。在英国现代派诗人中，艾略特是生活最严肃的一个；他的打扮、谈吐也被公认为循规蹈矩的典型。甚至有评论家认为：他诗的魅力有一部分来自他个人生活和他的诗所形成的强烈对照。

遇到艾略特多不愉快！

短尾巴的小狗牵在手里，

身披一件裘皮大衣，

还有一只刺猬般的猫

以及一顶耍威风的帽：

遇到艾略特多不愉快！

(无论他的口是张还是开)。

风景画（节选）

I 新罕布什尔[1]

果园里孩子们的声音

在开花的时间和结果的时间中：

金灿灿的头，紫殷殷的头，

在翠绿的枝头和树根中。

黑色的翅膀、棕色的翅膀，一起翱翔；

二十年了，春天已经过去；

今天忧伤，明天忧伤，

把我覆盖起来，枝叶中的阳光；

金灿灿的头，黑漆漆的翅膀，

紧贴，晃动，

跳跃，歌唱，

高高晃入了苹果树。

II 弗吉尼亚[2]

红河、红河，

---

1 位于美国新英格兰区域的一个州。

2 美国东部沿海的一个洲

慢慢流淌的热量静悄悄地流，

没有意志能像河流那般平静。

热量只在一度听到的

反舌鸟婉啭中流动？静谧的山岭

等待着。大门等待着。紫色的树，

白色的树，等待，等待，

延宕，衰败。生存着，生存着，

从不移动。始终移动的

钢铁一般思想和我一起来临

又和我一起消失：

红河、河、河。

Ⅲ 阿斯克[1]

别猛然拨开树枝，或

希望能找到那在

白色的井台后面的白鹿。

往一旁看吧，不是要去看长矛，

别再念诵旧时的咒语。让他们安睡。

"轻轻挖，但不要挖得太深，"

抬起你的目光，

小路向上，小路向下，

1　位于英国威尔士东南部的一座城市。

只是在那里找寻，

灰黯的光线与葱郁的空气交融，

隐居者的盔甲，进香者的祷告。

V　安海角 [1]

噢快快快，快听听北美雀

沼泽雀，小狐雀，金星雀

在拂晓，在傍晚歌唱。跟随金翅雀

中午时分的舞蹈。那羞怯的

橙胸林莺，就随它去吧。用尖尖的口哨，

鹌鹑吹出鸣声，在月桂树丛

中闪避。跟随步行者——

水鸦的足步。跟随跳舞的箭——

紫燕的飞跃。在寂静中

向美洲夜莺致意。一切都令人愉快，甜蜜甜蜜甜蜜

但最终让出这片土地，让给

真正的主人，那个坚强者——海鸥。

废话就这样告终。

1　位于美国马萨诸塞州东北部的一个半岛。

为一个老人写的诗行

笼子里的老虎，

都不如我那般烦躁。

当我闻到敌人的气息

在至关紧要的血液中打滚，

或从那友好的树上往下晃腿，

要甩动的老虎尾巴也不会那样静止。

当我露出智慧的牙齿，

弓起的舌头嘶嘶作声

更多是爱，而不是恨，

比青年时的爱情还要苦涩，

远非年轻人所能企及。

从我金色的眼睛里反映出来，

笨蛋也知道他准是发了疯，

告诉我，我是不是兴高采烈！

辑九 《岩石》里的合唱诗 [1]（节选）

---

1 《岩石》原是部露天演出的诗剧，伴有音乐和芭蕾舞，是作为献给维修伦敦旧教堂和新建教堂的基金而写的。艾略特为一个准备好的剧情说明写了合唱诗和部分散文对话，叙述基督教堂的发展，并联系到伦敦 1934 年一座教堂的建造。诗的语言、意象和节奏，都深受《圣经》的影响。诗剧标题《岩石》也源自《圣经》，意谓上帝是软弱人类的支持力量。参见赞美诗第 134 首："你是我的父亲，我的上帝，我的拯救的岩石。"原诗共分十部分，这里选译了第一部分。

I

雄鹰翱翔在天国的穹顶，

猎人[1]带着猎狗来回巡行。

噢成形的星体的永久旋转，

噢定形的季节的永久往返，

噢春与秋，生与死的世界！

思想和行为的无穷循环，

无穷的创新，无穷的实验，

带来运动的知识，但不是静止的知识；

词的知识，但对道[2]的无知

我们所有的知识把我们更带近无知，

我们所有的无知把我们更带近死亡，

更接近死亡，而不是接近上帝。

哪里是我们在生活中丧失的生活？

哪里是我们在知识中丧失的智慧？

二十个世纪天国的循环往复

使我们疏远了上帝，接近了尘土。[3]

---

1 星座名。

2 参见《圣经·约翰福音》："在开始时是道，道和上帝在一起，道就是上帝。"

3 按《圣经·创世纪》，上帝对业当说，"因为你是尘土，你将回到尘土。"

我风尘仆仆来到伦敦，那受时间支配的城市，[1]

长河流淌，各个国家的船只漂浮。[2]

那里人们告诉我；我们有太多的教堂，

太少的餐馆。那里人们告诉我，

让牧师们退休。人们不在他们工作的地方，

而在他们度星期天的地方，需要教堂。

在城市中，我们不需要教堂钟声：

让钟声去唤醒在郊区的人们。

我风尘仆仆来到郊区，那里人们告诉我：

我们干了六天，第七天我们必须驾车

去汉德海特和梅登海特。[3]

天气不好，我们就留在家里读报。

在工业区里，人们告诉我

经济的法律和规则。

在愉快的乡间，似乎

乡间现在只适合人们享用野餐。

教堂似乎不再为人们所需要，

在乡间，在郊区；在城市里

只适用于办重要的婚事。

1　伦敦商业区事务受到时间的支配，工作人员都得按时上下班，因此艾略特如此形容。

2　此句原文中有双重意义，一是外国商船进出，二是伦敦钱财的流进流出。

3　汉德海特是伦敦附近风景优美的地方，梅登海特是伦敦西边一片旅游胜地。

合唱队领唱：

静一静，保持尊敬的距离。

因为我看到岩石的

来临。岩石也许会回答我们的疑问。

岩石、观察者。陌生人。

他，曾见到发生过的事。

还能看到将要发生的事。

证人。批评家。陌生人。

那为上帝振动者，天生的真理内在。

岩石入，由一个孩子领着。

岩石：

人的命运是不停的劳动，

或不停的闲怠，后者更艰巨，

或不规则的劳动，那也不愉快。

我独自踩过榨汁机，[1] 我知道

要能真正有用可不容易，放弃

人们认为是幸福的东西，寻求

通向无名的善行，神色不变地

接受那些带来荣辱的事物，

1　即踩葡萄，古代酿酒的办法，这是《圣经》中的一个比喻，意渭为天主做事。

全体的鼓掌或无人的爱情。

所有的人都愿把自己的钱财投资，

可大多数人期望红利。

我对你们说：使你的意志完美。[1]

我说：不问收获，

只事耕耘，辛勤地耕耘。

地球旋转，世界变化，

但一件事经久不变。

一生的岁月里，一件事始终不变。

无论你们怎样掩饰，这件事不变：

善和恶的永恒的搏斗。

因为健忘，你忽视了神龛和教堂；

像你们现在这样的人嘲笑

为善而做的事，你们找来种种解释

去满足理性的和开化的头脑。

其次，你忽视并小看了沙漠。

沙漠不是远在南方的热带，

沙漠不仅仅是拐过一个街角，

沙漠挤在地铁列车中[2]，就在你们身旁，

沙漠在你们兄弟的心中。

如果他建设好的东西，那建设者就是好人，

我会给你显示现正在做的事，

其中一些事很久以前也已做过，

1　意指为上帝服务的意志。
2　地铁列车经常十分拥挤，与沙漠形成对照。

这样你可牢牢记在心。使你的意志完美。

让我给你看卑谦者的工作。听。

灯光渐弱，黯淡中可闻工人们歌唱的声音。

在空旷的地方中

我们用新砖新瓦建设

有人手，有机械

有泥土做新的砖瓦

有石灰做新的灰浆

哪里砖瓦跌落

我们用新的石块建设

哪里梁柱腐坏

我们用新的木材建设

那里这个词还未说出

我们将用新的语言建设

有一个大家一起干的工作

为所有人的一座教堂

每个人都要做的一件工作，

每个人来做他的工作。

此刻一群工人的侧影隐现在黢黑的天幕上，从远处，他
们的歌声为失业者的声音作出回应。

无人雇用我们

我们手插袋中

脸庞低低垂下

我们在空地上到处站立

在没有灯光的房间里颤抖。

只是风在吹动

吹过荒芜、未犁的田野

犁铧停着，向垄沟

摆成个角度。在这片土地上

不会有一支香烟给两个男人

不会有半品脱[1]啤酒给两个女人。

在这片土地上

无人雇用我们。

我们的生存不受欢迎，我们的死亡

在《时报》上压根儿不会提起。

工人们再次合唱

长河流淌，四季轮回，

麻雀和椋鸟没有时间浪费。

如果人们不建设，

---

1 一品脱在英国等国家约为 0.568 升，在美国约为 0.473 升。

人们又怎样生活？

当田野已经犁过

小麦变成了面包

他们将不会在截短了的床上

太狭的被子中死去。街上

没有开始、没有进展、没有平静、没有终结，

只是没有言语的喧哗，没有滋味的食物。

没有拖延，没有加速，

我们将建设这条街的开始和终结。

我们建设这个意义：

为所有人的一座教堂

每个人都要做的一件工作

每个人来做他的工作。

辑十　四个四重奏 [1]

1　《四个四重奏》是艾略特晚期的重要作品。总的说来，它描写了一个皈依宗教的人在寻找过程中的种种经历，然而，确切地说，《四个四重奏》是严肃的哲理诗，而不是像《〈岩石〉里的合唱诗》那样用于宗教宣传的目的。诗人从自己哲学思想的一个立足点写出了关于个人经历、历史事迹、人类命运等等的感想，并非简单地把一切都归到宗教信仰下了事，艾略特试图在作品中寻找一种"道"——其实也是一种永恒的、普遍的真理，这种寻找是围绕着时间这个主题展开的。当现代世界处于第二次世界大战的浩劫之中，诗人仿佛是形而上地在时间中寻求自己真正的安身立命之地。为什么这样做呢？美国批评家西·台·路易斯说过，"关键是，对今天的艺术家来说，要想完全生活在现时代里，几乎是不可能的，因为现时代是一个混乱的时代。假如我们需要信仰或者需要一种历史观点，我们就不得不转向过去或在某种程度上运用我们的想象力，以便生活在未来之中。"在艾略特看来，历史由时间形成，时间由意义形成，因而历史感是对于时间意义的认识，就一个个人来说，他有种种经验，但当时不能理解，只是在以后才能意识到，所以，时间（的经验）必须在它的地点中才能获得理解：精神上的意义，虽然不等于时间和地点，也只能通过时间和地点来知晓，这样，《燃毁的诺顿》《东库克》《干赛尔维其斯》《小吉丁》这四首诗别用四个地点为题（英国格劳斯特夏的一所旧屋，作者祖先在英国侨居时的一所村庄，三个美国东海岸的岛屿，英国另一个有意义的村庄），展开了复杂而深刻的主题思想。西方有评论家认为《四个四重奏》是在时间和地点内的，关于时间最伟大的作品，诗的语言也更加丰满、深邃、直接有力，为人们所推崇。从某种意义说，艾略特早期诗反映了现代世界的瓦解，而《四个四重奏》则试图指出挽救这个世界的途径，尽管它有保守的、宗教的、神秘主义的色彩，《四个四重奏》是艾略特自己思想历程上登峰造极的标志。

虽然道对所有人都是共同的，但大多数人活着，仿佛每个人对此都有自己独特的理解。

I. p. 77. Fr. 2

向上的路和向下的路是一样的。

I. p. 89. Fr. 60.

——迪尔斯：《前苏格拉底哲学家的片段》[1]

1　原文为希腊语，为赫拉克利特之语。P 作为页码，Fr 作为残片序号。赫拉克利特是古希腊哲学家，认为一切都存在，同时又不存在，因为一切都在流动，都在不断变化，不断地产生和消灭。引文中第三行指的是形成世界本质元素的变化。正因为一切都在变化、消失，那么诗人在这个变化的世界中的职责又是什么呢？如果像《灰星期三》展示的：从道义上拯救过去（包括现在、将来），就是尽可能地耐心忍受一切。此外，似乎还有另外一种方式：就是把艺术家对时间的胜利物化，因为他通过不会消失的艺术形式捕捉住了记忆中的真实。但在艾略特看来，这两种方式依然是不够的；因为，无论从道义上还是艺术上说，即使对过去的拯救有着什么样的可能性，对同时存在的一切的拯救还有可能性吗？人们只能绝望地回答，毫无可能。

燃毁的诺顿 [1]

I

时间现在和时间过去 [2]

也许都存在于时间将来,

时间将来包容于时间过去。

如果时间永远都是现在,

所有的时间都不能得到拯救。

本来可能发生的事是一种抽象,

始终只是在一个思辨的世界中

一种永恒的可能性。

本来可能发生的和已经发生的

都指向一个终结,终结永远是现在。 [3]

---

1 《燃毁的诺顿》(1935)是《四个四重奏》的第一部,与《东库克》(1940)、《干赛尔维其斯》(1941)、《小吉丁》(1942)四部作品合为一个整体而又各自独立。艾略特把《燃毁的诺顿》作为四部诗的基础,在寻求时间的赎回中探讨时间的意义。对《四个四重奏》,尤其是对《燃毁的诺顿》来说,西班牙的神秘主义者圣约翰的一个思想是很重要的。圣约翰认为,灵魂上升与上帝沟通,可以通过回忆和思索促进,但在那种沟通之前却首先是"灵魂的一个黑夜",一种对上帝意志的被动投降,对种种自我感觉和自我意识的清除;可黑夜越深,上帝的光就越近。在一定的程度上说,这种思想形成了《燃毁的诺顿》的内在结构。
2 第一至第十行抽象地引出"时间"这个主题,表明了诗人对拯救失去的时间的乐观态度,并从非神学的角度探讨那"本来可能发生的事"的意义。下面的诗从抽象转向回忆中的实物,以及那些陪衬的回声,来探讨童年时代中对于性的醒悟和宗教启示的预感。
3 这里的"现在"有双重意义:"终结"和"目的"。

足音在记忆中回响 [1]

沿着我们未曾走过的那条通道

通往我们未曾打开的那扇门

进入玫瑰园 [2] 中。我的话这样

回响，在你的头脑中。

　　　　　　但为什么扰乱一盆

玫瑰花叶瓣中的泥土，

我不知道。

　　　其余的回声

占据了花园。我们是否跟随？

快，那鸟儿说，找到它们，找到它们，

转过那个角，通过第一扇门，

进入我们第一个世界。我们是否跟从

画眉鸟的欺骗？进入我们的第一个世界。

他们在那里，庄严非凡、隐藏着，

毫无压力地移动，在枯叶上，

在秋天的炎热里，越过抖颤的空气，

于是鸟儿唱起来了，回应着隐

在灌木丛中听不到的音乐，

还有未遇见的目光，因为那玫瑰

1　从第十一行起，诗人试图打破时间和地点的束缚，把人们带入玫瑰园。玫瑰园在这里被联想为"本来可能发生的事"，鸟儿出现了，展示出混淆了真实和幻想的景象。通过阳光在干涸的水池中造成水和荷花的幻觉，诗达到了高潮。

2　玫瑰是性欲上和精神上的爱的象征，圣母闺房常被描绘成一座玫瑰园。

曾有过人们现正看到的花朵样子。

他们作为我们客人，受到招待，给予招待。

这样我们走动着，还有他们，一本正经的模样，

沿那条空旷的小巷，进入一圈圈灌木<u>丛</u>，[1]

俯视着干涸的池塘。

池干了，干了的水泥，边缘棕黄，

但在阳光下，池里似乎充满了水，

荷花[2]静悄悄、静悄悄地升起，

在阳光的中心，水面闪闪发亮，

他们已在我们身后，映在池水中。

接着一朵云飘过，水池空了。

走吧，那只鸟说，绿叶<u>丛</u>中满是儿童，

紧张地隐藏着，抑制着笑声。

走吧走吧走吧，鸟说：人类

不能忍受太多的真实。

时间过去和时间将来

本来会发生的和已经发生的

都指向一个终点，终结永远是现在。

Ⅱ

泥土中，大蒜和蓝宝石

1　一种常绿灌木，栽成一个圆圈。

2　荷花在这里是色情的象征，尤其与印度神话中的女神联系在一起。

与埋下的轴干都结成一团。[1]

颤抖在鲜血中的铁丝网

在古老的伤痕下歌唱

抚慰早已忘却的战争。

沿着动脉所做的舞蹈

还有淋巴的循环

在星移斗换中显出身影

在树木中上升到夏日

我们在移动的树木上移动

在照着成形树叶的光彩中[2]

在下面湿透了的地上听到

猎野猪的狗和野猪

一如往昔地追循着他们的模式，

但又在群星中修和。

在旋转世界的静止点上。既非血肉也非血肉全无；

既不从哪里来也不往哪里去，在静止点上，那里正舞蹈，

但既非遏止也非运动。不要称其固定不变，

---

1 这个抒情部的开始，把一些表面上毫无关联的形象堆在一起，呈现出似是而非、混乱不堪的经验；把人世的、声色的东西和超验的、超俗的东西组合在一起，引出一个既不是寂寞又不是骚动的境界，而是强烈的"静止"。这里的"静止"有双重意义："宁静"和"永恒"。而"旋转的世界"和"静止点"又在变化着，辩证地相辅相成；从星星到泥土，大千世界的种种存在环节都同时存在。这样人们就无混淆之感了，因为理解那个"静止点"后，人们能在永恒的运动上看到一个宇宙模式。

2 参见丁尼生《怀念》一诗中的三行诗："这样灵魂的静静的花园 / 许多成形的叶子卷入 / 自从生命开始以来的整个世界。"

那里过去交集将来。既不往哪里来或朝哪里去的运动。

既不上升也不下降。除了这一点，这静止点，

不会有舞蹈，现在只有唯一的舞蹈。

我只能说，我们曾去过那里但说不到底哪里

也说不出多久，因为说了，就是将其放到了时间中。

脱离实际欲望的内在自由，

从行动和痛苦中获得的解脱，从内在和外在的

强迫冲动中获得的解脱，却受到

恩惠似的感觉围绕，静止而又运动的白光，

上升而无运动，纯化而无

消除，既是新的世界

又是旧的世界，在其部分狂喜的

完成中，在其部分恐惧的

消失中，变得明确，得以理解。

只是过去和未来的互相束缚

交织在一个变化中身躯的软弱中，

使人免于进入血肉之躯所无法忍受

的天堂和地狱。

   时间过去和时间未来

只允许一点点意识。

如要意识到什么就将不再是在时间中

但只在时间中，玫瑰园里的那一刻，

暴雨倾泻的港湾里的那一刻，

烟蒂弥漫、透风的教堂里的那一刻，

才可能让人记着；进入过去和未来。

只有通过时间，时间才能被征服。

Ⅲ

这是令人不满的地方[1]，

在前的时间和在后的时间，

在暗淡的光中；既不是日光

用透明的静寂资助形式

让人想到永恒的缓慢旋转

把影子变成转瞬即逝的美，

也不是黑暗，为了澄净灵魂

通过最终的丧失使得声色虚空，

从世俗的众相中净化情爱。

既非富余亦非贫乏。只是一次闪烁

掠过紧张的、饱受时间摧残的脸，

因为分心的事物而不分心，却又分心，

充满幻想，而缺乏意义

毫无专注的浮夸冷淡，

人和纸片，在冷风中旋转，

风在时间之前和时间之后吹。

从不健康的肺里进进出出的风

1　这一节首先呈现的是人进入地下铁路时的景象，接着是人进入自我更深的黑暗时的景象，它不是我们曾经去过的"那里"，而是"这里"，是一个"令人不满的地方"。

在前的时间和在后的时间。

从不健康的灵魂里打出的嗝

进入暗淡的天空，那为风驱赶的

迟钝空气扫过伦敦阴郁的山岭

汉普斯台德和克勒肯卫尔，开姆村和普特尼

赫侬盖特、普刀姆罗斯和路德盖特。[1]不在这里，

黑暗不在这里，不在吱吱喳喳的世界中。

降得再低些，只是降进

永远孤独的世界里，

世界非世界，但那不是世界。

内在的黑暗、一切

财产的丧失和贫乏，

感性的世界的枯涸，

幻想的世界的撒空，

精神的世界的无能；

这是一条路，而另一条

也一样不在运动中，

而在运动的避免中；这个世界

在欲望中运动，在时间过去和时间未来的

碎石铺出的路中，运动。

1　这些是伦敦的区名和附近一些地名。

IV

时间和钟声埋葬了白天，[1]

乌云卷走太阳。

向日葵会转向我们，紫花灌木

会低垂弯向我们；茎须

和小叶会抓紧、缠紧？

杉树冷冷的手指会

在我们身上卷起？翠鸟拍翅回应，

光迎着光，默不出声，静止

在旋转世界的静止点上。

V

言词运动，音乐运动[2]，

1　这节是对夜晚和黑暗的焦虑思想，又是对渐渐西下的太阳的永恒深信。这个意象激起象征性很强的联想：向日葵和阳光、闺房和圣母玛利亚、紫杉和死亡与不朽、翠鸟和圣杯以及传说中的渔王、光和但丁在《神曲》中描写的景象。然而，时间虽说埋葬了白天，却未能澄净欲望，在黑暗中，那些只随着太阳转的花朵是否会转向人们？紫杉会不会覆盖人们？翠鸟的翅膀总还是指着现实。

2　第五章又回到时间和转瞬即逝的时间这个主题，首先探讨艺术，作为一种艺术，在其形式中显示出的开始和终结怎样能是同时存在的？要认识到这点不容易。言词和音乐仅在时间中运动，靠着形式或模式，就像一只中国花瓶在它不变的图案中永远运动。诗中不变的统一性又由小提琴追逐着，试图越过时间的局限，但回答依然是：只有通过时间，时间才能被人征服。在这部分中，诗人赞颂了艺术的形式和言词的努力，借此达到神圣的爱的静止。这样人就能抓住那富有启示性的时刻："绿叶中嬉戏的孩童 / 传出了隐藏的笑声"。

只在时间中，那仅仅是活的

才仅仅能死。词语，在发声后进入

寂静。只有凭着形式、图案，

言词和音乐才能达到

静止，就像一只静止的中国花瓶

永远在静止中运动。

不是小提琴的静止，音符依然袅袅，

不仅仅如此，而是共存，

或者说终结在开始之前，

而终结和开始都一直存在，

在开始之前在终结之后，

一切始终都是现在。言词负荷，

在重压下断裂、还常常破碎，

在张力中滑脱、溜去、消失，

因不精确而腐败，不得其所，

无法静止不动。尖叫的噪音

斥责、嘲笑、或喋喋不休，

一直在袭击言词。沙漠中的道 [1]

尤其遭受诱惑的声音攻击，

葬礼舞蹈中哭泣的影子，

难以安慰的吐火女怪 [2] 大声悲啼。

1　暗示耶稣在荒野受到诱惑时所说的话。

2　希腊神话中的怪兽，也是狂想和幻觉的象征，最后贝勒罗丰骑飞
马将它杀死。

图案的细节是运动，

就像在那十级扶梯的形象中 [1]。

欲望的本身就是运动，

欲望的本身却并不值得欲望；

爱的本身并不惹人爱；

只是运动的原因和终结，

没有时间、没有欲望，

除了在时间的这一点外，

陷于形式的局限中，

在未存在和存在中。

突然，一道阳光下

甚至尘土还在微扬时，

绿叶中嬉戏的孩童

传出了隐藏的笑声，

快些，现在，这里，现在，永远——

可笑，那浪费了的悲哀时间

在前和在后展开。

1　暗示圣约翰关于灵魂上升与上帝沟通这个形象，参看《神圣的爱的神秘楼梯的十级》。

东库克 [1]

I

在我的开始是我的结束。接连不断，

房屋矗起、倒下、颓坍、扩展、

移动、毁坏、修复，或在原址上，

现在一片空地，一座工厂，或一条小径。

旧时的石块于新的建筑，旧时的木材于新的火焰，

旧时的火焰成灰烬，而灰烬又成土地，

现今是肉体、皮毛和排泄物，

人和兽的骨骸、谷穗和树叶。

房屋活着、房屋死去；有一个时间来建筑，

有一个时间来生活，来生育，

有一个时间让风来粉碎松动的窗玻璃，

来晃动田鼠踩踏的护壁板，

来抖动无声的箴言织成的破花毯。

在我的开始是我的结束。光线

1　东库克，诗人祖先在英国居住地的地名。他们在十七世纪离开东库克去美国，而艾略特却又回到了英国。艾略特在 1937 年特地去了这个地方，并拍了许多照片。这种历史胚胎状态提供了一种自我认识的哲学思想。诗探讨了时间的变化和持续的关系，并从时间的探讨又转向了历史。"在我的开始是我的结束"接近赫拉克利特万物皆变的思想，同时也可以说是一种文明宿命论的观点。

此刻洒落空旷的田野，深深的小巷中

树枝茂密，仿佛窗扉紧闭，中午一片黯黑，

你靠在路旁，一辆车经过，

那幽深的小巷，依然还是在通向

小村的方向，在高压电热中似进入了

催眠状态。阵风温煦，闷热的日光

为灰色的岩石吸收，而不再反射。

大丽花在空空的寂静中沉睡。

等待着早临的猫头鹰。

在空旷的田野里

如果你不走得太近，如果你不走得太近，

在一个夏夜，你能听到那低低的笛 [1]

和小小的鼓奏出的音乐，

你能看到人们绕着篝火舞蹈，

男人和女人紧紧结合，

在舞蹈中，标志着婚姻状态——

一件庄严和宽敞的圣事。

两个和两个，必需的紧密相连，

用手或用臂相互抱住，

体现一致。绕着、绕着篝火

跳过火焰，或又汇合成一圈，

1　这一段中"听到"或"看到"指的都是在想象中听到或看到，在下面几行中，艾略特的原文故意用了一些词的古老拼法，是要让人想到舞蹈和婚姻是人类多么古老的仪式。

土里土气地庄严，或在土里土气的笑声中，

抬起穿着笨拙鞋子的重重的脚，

大地的脚，沃土的脚，抬起在乡间的欢乐中，

那些很久以前在土地中哺育

谷物的人们的欢乐。在舞蹈中

遵守着时间，保持着节奏

就像他们生活在充满活力的季节中，

季节和星座的时间

挤牛奶的时间和收庄稼的时间

男人和女人做爱的时间

牲畜交配的时间。脚提起又落下。

吃吃喝喝。粪堆和死亡。

黎明指点着，又一天

为炎热和寂静做准备。海上拂晓的风

吹皱水面又悄悄滑过。我在这里

或那里，或其他地方。在我的开始。

Ⅱ [1]

1　通过具体形象反映自然内部的混乱。艾略特认为，人类社会中永远的争斗只是大自然永远的争斗的反映，而这种争斗矛盾永远不可能彻底得到调解。诗把具体形象叠加在一起，然后问到，这一切是否是智者的欺骗或自我欺骗？因为经验至多带来一种价值有限的认识，而认识只是在事物变化的模式上又加一个旧的模式。人到了老年也不一定能获得智慧，真正获得的是谦卑，谦卑才无穷无尽。

十一月的下半月在做什么——

春天的扰乱

炎夏的创造

在脚下折腾的雪花莲

向往太高的蜀葵

红色变灰色，簌簌落下

凋零的玫瑰上满是早雪？

在转动的星星旁滚过的

雷霆，模仿那些在星球

大战中使用的凯旋车辆，

天蝎星与太阳交锋

直到太阳和月亮都退下

彗星扫过，狮子座流星飞掠过

追逐天宫和平原，

在一个旋涡中旋转，

把世界带到前冰川时期

就已燃烧的毁灭性火焰中。

那曾是一种表达方法——并不十分满意：

用一种陈腐的诗风作迂回的研究，

让一个人依然还得与言词和意义

作难以忍受的搏斗。诗无足轻重。

诗不曾是（再来一次）人们期望的。

长久以来期待的价值是什么——

盼望的安宁、秋天的恬静、

老年的智慧？他们骗了我们

或骗了他们自己，那些轻声细语的长者，

仅遗留给我们一张欺骗的收据？

恬静只是一种故意的迟钝，

智慧仅是死了的秘密的认识，

在他们目光透入又移开的黑暗中

毫无用处。在我们看来，

至多似也只有一种有限的价值

在从经验中获得的知识里。

这知识强加一种模式，还不真实，

因为模式在每一个时刻都是新的，

每一个时刻对我们过去的一切

新的、令人震惊的评估。我们只在

这点上没有受骗：欺骗，再也不能伤害。

在中间，不仅仅在路的中间

而且还是路的全程，在黑魆魆的森林里，在荆棘丛中，

在沼泽地边缘上，那里没有安全的立足点，

更受恶魔、想象的光线、危险的魅力的

威胁。不要让我听到

老人们的智慧，宁可听到他们的愚蠢，

他们对于恐惧和疯狂的恐惧，对于占有、

属于另一个人、属于其他人或属于上帝的恐惧。

我们能希望获得的唯一智慧

是谦卑的智慧：谦卑无穷无尽。

海底下所有的房子全消失了。

山岭下所有的舞蹈者全消失了。

Ⅲ [1]

噢黑暗黑暗黑暗。他们全进入了黑暗，

那空茫的星际空间，空茫更入空茫，

船长、商业银行家、卓越的文人，

慷慨的艺术赞助人、政治家、统治者、

著名的政府工作人员、众多委员会的主席，

工业巨头、小承包商，全都进入了黑暗。

黑暗，太阳和月亮，《高特人年历》，[2]

《股票交易所公报》，《董事长指南》，

感觉冰冷了，行动的动机失去了，

我们与他们一起去，去沉默的葬仪，

无人的葬礼，因为没有人需要埋葬。

我对我的灵魂说，静一下，让黑暗降临到你身上，

那将是上帝的黑暗。就像在戏院里，

1　第三章先直截了当地阐述了世俗生活的空虚，一切都得进入黑暗。"噢黑暗黑暗黑暗"这一行是从弥尔顿的《撒姆逊的痛苦》中来的，但只有通过这种痛苦的历程，人类才有希望得到拯救，说话者愿意在谦卑中接受的黑暗，也只能是上帝的黑暗，因此即是宗教信仰。

2　在德国城市吉斯出的一种年历，记载了世界各地的情况，包括欧洲皇族的生活情况。

灯光熄灭，是为了让布景换下，

带着翅膀般的空洞声响，黑暗中摸黑的移动，

我们知道，山岭和树木，遥远的全景

还有建筑物壮观的正面，都在被推走——

或仿佛像一辆列车，在地铁站间停得太久，

谈话声于是升起，慢慢地又归于沉静，

在每张脸庞后你看到的空虚在加深，

只留下再无什么可想的恐惧，愈演愈烈；

或，在麻醉中，头脑还有意识，但什么都意识不到时

我对我的灵魂说，静下来，不怀希望地等

因为希望也会是对于错误事物的希望；不带爱情地等

因为爱情也会是对错的事物的爱情；还有信仰

但信仰、希望和爱情都是在等待之中。

不加思想地等，因为你没准备好怎样思想：

于是黑暗将是光明，静止将是舞蹈。

流淌小溪的低语，还有冬日的雷电。

隐蔽的野麝香草和野草莓，

花园中的笑声，回响着

尚未消失的狂喜，却需求，

指死亡和出生的痛苦。

　　　　　　你说我在重复

我以前已说过的事情。我还将说。

我还将说吗？为了要来到那里

来到你在的地方，离开你不在的地方，

你必须沿一条没有狂喜的路走。

为了来到你所不知道的地方，

你必须用一种无知的方法去走。

为了占有你没占有的东西，

你必须用一种剥夺的方法去做。

为了成为你还不是的一切，

你必须沿你还不是的一切的道路走。

你不知道的东西是你唯一知道的东西

你拥有的东西正是你不拥有的东西

你在的地方正是你不在的地方。

Ⅳ[1]

受伤的外科医生使用

他探查病体的器具；

在血淋淋的手下，我们感受

医疗者艺术般强烈同情

在解答高热的曲线之谜。

我们唯一的健康是疾病，

如果我们听从垂死者护士的话，

---

[1] 第四章引出受伤的外科医生的形象——基督。他同时又是垂死者的护士。诗人想到死亡的痛苦是复活必需的，只有在拯救性的火焰中，人们才能希望获得新生，这是把赫拉克利特关于火的辩证论述加以宗教化。

她始终的照顾不是为了悦人耳目，

而是要提醒我们和亚当所受的诅咒，

这样，为了恢复，我们的病情只能加剧。

整个大地是我们的医院，

破产的百万富翁捐助的医院。

那里，如果我们还行，我们

将死于那不会抛弃我们，却到处

保护我们的绝对父爱之中。

寒意从脚上升到膝，

高热在头脑的铁丝网中歌唱。

如果要得到温暖，我必须挨冻，

颤抖在冰冷的炼狱火中，

火焰是玫瑰，烟是荆棘。

滴下的鲜血是我们唯一的饮料，

血淋淋的肉体是我们唯一的食品，

尽管如此我们还愿意想

我们是健全的、结实的血肉之躯——

还是尽管如此，我们称这个星期五美好。

V [1]

因此这里就是我，在中间的路上，已有二十年——

二十年时间大多浪费了，两次大战的年月——

试着学习运用词语，每一次尝试

都是全新的开端，一种不同种类的失败，

因为人只是学会了怎样掌握词语

来说再不要说的事，来获得

再不想说的方法。在那一堆乱麻般的

混乱感情中，差劲的工具不停

损坏，像冲动、缺乏纪律的士兵，

每次冒险是新的开端，是

对无法表达的状态的冲击。用力量

和让步去征服的东西，早已被人发现，

一次、两次，或许多次，被那些无法希望

与之竞争的发现者发现了——没有竞争可言——

只有去收获已丧失的东西的战斗

一次次地找到而又丧失：此刻，似在不利的

条件下。可也许无所收益或损失。

对于我们，只有尝试。其余不是我们的事。

家是人出发的地方。我们年岁越长

1　第五章中，诗人回顾了他自己的经历；二十年时间的是两次世界
大战期间的岁月，诗人意识到自己已经年老，但探索却是要持续一辈
子的。不过，艾略特的观点带有基督教的生死延续性的色彩，最后一
句诗据说原是苏格兰玛丽女皇的话。

世界就变得越发奇怪，死者和生者的

模式更加复杂，不是那激情的时刻

孤立起来，没有前，也没有后，

而是每个时刻都在燃烧的一生时间，

不仅仅是一个人一辈子的生命，

而是字迹已无法辨认的古老石头的生命。

有一个时间给星光下的傍晚。

有一个时间给灯光下的傍晚。

(给在照相册旁的傍晚)。

爱情是最接近其自身的，

此时此地不再有什么关系。

老人应该是探索者

这里或那里没什么关系。

我们必须是静止的，静止地移动

进入另一种激情

为了进一步的结合，一番更深的沟通

通过幽黑的寒冷和空洞的荒凉，

波涛呼喊，狂风呼喊，海燕翱翔，

海豚出没的浩瀚海洋。在我的结束是我的开始。

干赛尔维其斯 [1]

I

关于众神，我知道得不多，但我觉得那条河流

是个强壮的、棕色的神——神情阴郁，桀傲不羁，

耐心有限，最初作为新的领域被人认知；

作为商业的运输者，有用，却难以信赖；

接着，只是作为修桥者面对的一个问题。

一旦问题解决，这棕色的神就几乎给城市的

居住者们忘却——却始终未能驯服，

季节变换，脾气依然，是破坏者，人们想忘却的

一切的提醒者。机器的众多崇拜者

拒不给他荣誉和献礼，但他等着、看着、等着。

他的节奏在哺乳室里，

在四月庭院中有味的小乔木丛里，

1　干赛尔维其斯，美国安海岬附近一组岛屿的名字。岛在当地为遇险船只的希望，因此引出"神"的形象。不过，诗人描绘的神是密苏里河，它曾是个破坏者，但它的作用又被"机器崇拜"取代，有了"机器崇拜"，人们就将河流潜在的危险忘却了，直到洪水来时，才猛然醒悟。此外，河象征着人的时间，生活微观节奏，海洋象征着大地的时间，永恒的客观节奏；海洋作为更多和更早的造物的目击者存在着。因而在《干赛尔维其斯》一诗中，海洋和河流的对位法贯彻始终，把时间和运动这个主题推向深入。海洋在其潮流下的不变性——它的丧钟敲着"不是我们时间的时间"，强调突出了无时间性的主题。诗人再次对历史沉思，但历史再也不是小老头眼中捉弄人的走廊，因为"时间这毁灭者又是时间这保存者"。

在秋日餐桌上的葡萄气味里，

还在冬日煤气灯下的黄昏圈子里。

河在我们之中，海在我们的周遭；

海是陆地的边缘，海水拍打

进入花岗岩中，海浪在沙滩上抛起，

那些关于更古老的、其他造物的暗示：

海星、寄居蟹、鲸鱼的背脊骨；

在一摊摊水中，让我们好奇地

看到愈加精美的海藻和海葵。

海洋卷来我们的损失，撕碎的围网，

破龙虾篓子，断裂的桨，还有

异国死者的索具。海洋有许多声音，

许多神和声音。

　　　　　盐在多刺的玫瑰上，

雾在杉树里。

　　　　海的嚎叫，

海的呼喊，是经常一起听到的

不同声音；索具中的哀鸣，

海面上碎去的波涛威逼和爱抚，

花岗岩牙齿中遥远的涛声，

还有来自邻近的海岬的悲啼警告，

这些都是海洋的声音，归程中

呻吟者提高的嗓音，还有海鸥：

在沉闷的浓雾压抑下

钟声响亮

计量着不是我们时间的时间，

为海底巨浪慢慢掠过，比天文钟时间

更古老的一个时间，比焦虑中

妇女数着的时间更古老的一个时间，

她们躺着、醒着，计算着未来，

试着去拆开、解开、分开，

又把过去和未来缀在一起，

在午夜和黎明中，那时，过去尽是欺骗，

未来没有将来，在早晨的钟点前，

时间暂停，时间从不终结；

还有源自时间开端的海底巨浪，

钟声

铿锵。

Ⅱ [1]

哪里一切有个终结——无声的悲啼，

秋日花朵默默的凋零，

花瓣飘落，花茎一动不动；

1　第一章里含蓄的警告，在第二章里由（渔民妻子）"无声的啼哭"象征性地进一步展开。海洋声音永远在发出。一切都没有终结。然而，当人变老，过去的经验呈现出另一种模式，过去仅仅是个结果，过去在它的意义中复活是许多代人的经验。因此，时间这个毁灭者也是时间这个保存者，海洋和岩石都象征性地阐明了这一点。

哪里又有终结——漂浮的破船残骸；

海难上白骨的祈祷，在灾难

宣布时无法祷告的祷告？

没有终结，只有增加；跟随

遥远的白天和时刻的后果，

情感为自身带来毫无情感的东西，

在我们自以为能依赖的

残骸中一年年生活——

因此最适宜作自我摒弃。

还有那最后的增加，对低落的

骄傲与衰退的权力的不满，

那不依附人的、被人视作不爱的爱，

在一只飘零的船里，船只慢慢漏水，

静静倾听，听钟声响起

在最终裁判时刻，难以否认的喧闹钟声。

哪里又是终结——渔夫驰入

在浓雾退缩中的风的尾巴？

我们难以想象没有海洋的时间

或海洋中不是漂满废物

或一种未来，就像过去，

不可能没有一个终点。

我们得想象这些时间：水手在咸水

出发、拖运；而东北星降落

在不变而不受侵蚀的浅浅海岸上，

或收他们的钱，在巷口上晒帆；

不是作为一次赚不到钱的航行，

因为一网经不起检验的捕捞。

没有终结，没有嗓音的悲啼，

没有终结，枯萎的花朵还在枯萎，

没有终结，那是没有痛苦和运动的痛苦运动，

没有终结，海洋的漂流，沉船残骸的漂流，

没有终结，骨头对其死神的祷告。只是

几乎无法祷告的祷告，在圣母领报节 [1]。

似乎，当人渐渐变老，

过去就呈现出另一种模式，不仅仅是延续——

甚至也不是发展：发展只是偏颇的误解，

受有关进化的肤浅概念鼓舞，

在公众头脑里，成了否认过去的方法。

幸福的时刻——不是良好、

结果、实现、安全或爱情的感觉、

或一顿丰厚的晚餐，而是顿悟

我们有过经验，但未抓住意义，

1　天主教节日，每年的三月二十五日。

276

对意义的探索恢复了经验，

在不同的形式中，超越了所能

归结于幸福的意义。我已经说过，

在意义中复活的过去经验

不仅仅是一个人生活的经验

而是许多代人的经验——不是忘却

那些看来无可言喻的东西：

在记录下历史的保证后

往后看的目光，转过肩膀

一半向后的目光，看往原始的恐惧。

现在，我们终于发现痛苦的时刻

（无论是否因为误解的缘故

曾希望过错误的事情或惧怕过错误的事情

都不是什么问题）是同样地永恒，

就像时间拥有的永恒。在其他人的痛苦中

把我们自己卷入、几乎要经历到，

却不是在自己的经历中，这样更能理解。

因为我们自己的过去在行动的潮流掩盖下，

而其他人的痛苦依然是一种无保留的、

也不为随后的摩擦所损耗的经验。

人们在变，在笑，但痛苦并不消失。

时间这毁灭者又是时间这保存者，

就像河上满满的货物：死去的黑奴、奶牛和鸡笼，

咬过的苹果和苹果中咬留的齿痕。

日夜不息的流水中嶙峋的岩石，

波浪冲过岩石，浓雾遮去岩石；

风和日丽时，岩石只是一座纪念碑，

在可以航行的天气里，它一直是块坐标，

给人指出航程，但在阴暗的季节

或突来的暴风雨中，就显出曾经的面目。

III [1]

我常常想，克里希纳[2]的意思是否就是这样——

在其他的事物中——或表达相同事物的一种方式；

未来是一曲消逝的歌，一朵皇家玫瑰或一小枝薰衣草，

充满有所思的后悔——为那些尚未来此后悔的人，

夹在一本从未打开的书的泛黄书页中。

向上的路就是向下的路，朝前的路就是朝后的路。

你不能坚定地面对它，但这件事是肯定的，

时间不是治疗者；病人不再在这里。

列车启动时，旅客们坐定下来，

吃水果，看杂志，读来往的商业信件，

1　第三章一开始还是赫拉克利特关于众元素转化，一切运动都归消逝的哲学具体化。诗引出了火车的形象，直线时间作为一种驱动力量，震动而且冲撞人们，使人们的生活充满欲望，使人们的头脑充满分心的事。时间并不是一种逃避，人们不可能对过去和未来无动于衷。

2　克里希纳，印度神话中最强大的神，为火、电、暴雨、天堂和大归神，又名黑神。印度关于克里希纳的神话甚多，艾略特此处究竟指哪个神话不详。国外有评论著作认为，艾略特大意是说人在沉思的时刻里能得到克里希纳的教导。

(那些送别的人已离开月台)

他们表情松懈了，从悲伤转为轻松，

随着上百个小时的催人欲眠的节奏。

向前行去，旅客们！不是逃脱过去

进入不同的生活，或进入任何未来，

你不是那曾离开车站的

或将来在终点站到达的同一个人，

越来越狭的铁轨向后退下；

在奏着鼓乐的邮船甲板上

观望你身后宽起来的波纹——

你不会想"过去已经结束"

或"未来在我们前面"。

夜幕降临，在索具和天线中间，

是细细谈论的声音(虽然不是给耳朵听，

时间喃喃低语的壳，不用任何一种语言)

"向前行去，你们这些自以为在航海的人，

在时间的后退中，你们不是那些看着港口

向后退去的人，也不是那些在这个

或更远的海岸上下船登陆

的人，用同样的头脑

把未来和过去加以思考。

在那既非行动也不是不行动的时刻中，

你接受这点：'无论在存在的哪一区域上

在死亡的时刻，人的头脑

都会专心致志'——那是唯一的行动

(死亡的时间在每一个时刻中)

将在其他人的生活中结出果实：

但不要去想结果的行动

向前行去，

　　　　　噢航海者，噢水手们，

你们这些来到港口的人，你们这些

身体将经受海洋的折磨和审判的人，

不管发生什么样的事，这是你真正的目的地"。

因此克里希纳也是这样，当他在战场上

教训阿周那[1]时。

　　　　　　不是告别。

而是向前行去，航海者。

Ⅳ[2]

夫人，她的神龛伫立在海角上，

她祈祷，为所有那些在船上的人，那些

行业是与鱼打交道的人，还有

那些关心着奉公守法航运的人，

那些指挥着航运的人。

1　印度神话中一神名，为克里希纳杀死。
2　沉思的对象决定存在的延续，或在以后的存在中结束。所有这些关于时间的沉思，就像海洋需要灯塔，引出圣母玛利亚，她为这些苦难的人祷告，因此宗教也是时间真正的拯救者。

代表那些女人，重复一个祷告，

她们看到她们的儿子和丈夫

出海却没有归来：

她儿子的女儿，

天国的女皇。

还要祷告，为那些过去曾在船上，

却在沙滩上结束航程的人，在海的嘴唇间

或在那不会拒绝他们的黑色喉管里，

或海洋的钟声无法传到他们耳中的地方。

永恒的安琪儿。

V [1]

要与火星沟通，与灵魂交谈，

报导海洋恶魔的种种行为，

描绘算命天宫图、古预言者或经卷，

在签名中察看疾病，从手掌的

纹路上读出一生的故事，

从手指上发觉一幕悲剧，用巫术或茶叶

解除恶兆，用纸牌去猜

最后不可避免地，玩护身符五角星，

1　第五章又转入理解过去和未来的方式——种种可笑的、人为的、愚昧的方式，最终还是回到宗教这片充满意义的土壤。

或玩巴比妥酸，或解剖

重现的意象，在前意识的恐惧中——

去探索子宫、坟墓或梦境，这些都是寻常的

消遣和药品，报刊新闻的特写：

将来也始终如此，其中有些更如此，

尤其在一个个国家的磨难和惶惑中，

无论在亚洲的海岸，或在埃奇韦尔路上，

人们的好奇心搜索过去和未来，

要紧攥那方面内容。但要去理解

非时间性的与时间性的交叉点，

那是一个圣贤的工作——其实

也不是什么工作，只是一些给予

并接受，在爱情、热忱、无私

和自我献身中一生的死亡。

对我们大多数人，只有那未受注意的

时刻，在时间之内和之外的时刻，

让人分心的一阵子，在一道阳光中消失，

看不到的狂野节奏，或冬日闪电，

或瀑布、或音乐，听得这样投入

于是根本未听到，但你就是音乐

只要音乐存在。只有暗示和猜测，

紧接着暗示的猜测，其余的

是祷告、遵守、纪律、思想和行动。

猜到一半的暗示，理解一半的礼物，是化身。

这里不可能的统一。

在真实存在的区域内，

这里，过去和未来

受到征服，而又加以修和，

行动在另外一方面是运动，

其中只是被动地运动

自身不见运动的源头——

仅仅是为恶魔般、地狱的力量

驱动。正确的行动是自由，

出自过去，也出自未来。

对我们大多数人，这就是目的，

从未在这里得到实现；

我们只是未被击败的人

因为我们还在继续尝试，

我们，终于感到满足，

如果我们一时的修改哺育了

（离杉树不是太远）

充满意义的土壤中的生命。

小吉丁 [1]

I

冬天一半中的春天是自己的季节，

持续不变，可落日时湿漉漉的，

在时间中暂停，在极地和热带之间。[2]

那时短暂的白昼因严霜和火焰最为明亮，

短促的阳光燃在冰上、池上和沟上，

在无风的寒冷中是心的炎热，

倒映在一面似水的镜子里，

早中午时，一道让人什么都看不见的强光。

火焰比树枝和火炉灿烂的火更强，

拨动麻木的精神：无风，但圣灵节之火 [3]

---

1 《小吉丁》是《四个四重奏》中最后一部，艾略特自己认为它是写得最成功的。每个四重奏都以四大元素中的一个元素为其主要象征，《小吉丁》围绕着火写成。这里，火既是人们生活的这个世界中的毁灭性、灾难性的元素，又是净炼之焰，给人带来最后拯救的希望。小吉丁是英国一个有历史意义的村庄。在宗教史上，它是尼古拉斯·费拉建成一个宗教团体的地方（1625），在文学史上，十七世纪玄学派诗人乔治·赫伯特和理查德·克拉肖都曾来过此地。而且，英王查理一世在内战中拿斯比一仗惨败后，特意赶到小吉了来，试图在此重新鼓起他的勇气。

2 这里季节和地节的熔合是象征性的，预示着时间的无限与时间的有限的辩证关系。

3 按照宗教传说，在圣灵节的宴会上，耶稣的门徒正聚集着，突然有一个声音自天国而来，就像一股强劲的风，吹遍了他们的房子，然后向他们伸出裂开的舌头，于是他们就充满了圣灵。

燃在一年中的黑暗时刻。在融化和冻结之间，

灵魂的汁液抖动。没有大地的气息，

或生物的气味。这是春天的时光

但不从属于时间的契约。此刻，

灌木丛为转瞬即逝的雪花染白，

一小时白皑皑的，比夏天的来临

更突然地绽放，不吐蕊，也不凋谢，

不曾安排在世代的计划里。

哪里是夏天，难以想象的

零度夏天？[1]

   如果你从这条路来，[2]

挑选你可能会挑选的途径，

来自你可能会来的地方，

如果你在五月时分走这条路，你将看到

灌木丛又白了，在五月，在妖娆甜蜜中。

到旅途的终点也将会是一样，

如果你像断头帝王一样于黑夜中来，[3]

如果你在白天来，且不知道为何来，

都一模一样：当你离开那条崎岖的路，

在猪圈般的房屋后转向沉闷的宅子正面

和墓碑。你以为你所以来的目的

1　前面说的"冬天一半时分的春天"发展的顶点。

2　指到小吉丁来。

3　英国查理一世，后上断头台。

仅是一个外壳，意义的外壳，

只在目的实现时意义才会从外壳中

进出，要不是你就没有目的，

或是这个目的超过了你预计的终点，

在实现时又已改变。还有其他的地方，

也是世界的终结。有些在海的下颚中，

或在黯淡的湖面上，在沙漠或城市里，

可这是最近的，在地点和时间上，

现在，在英格兰。[1]

      如果你从这条路来，

随便挑选一条途径，从任何地方启程，

在任何时间或任何季节；

其实都将一样：你将不得不搁置

感性和概念。你来，不是为了验证，

教导自己，或满足好奇，

或携带报告，你来这里是要跪下，

这里，祷告始终见效。祷告远远

超过一道命令的词语——祈祷的头脑中

意识到的工作，或祈祷着的嗓音。

那些死去的，还活着时，无法说的一切

他们现在能告诉你，因为死了：死者

用火焰的舌头沟通，超越生者的语言。

1　现在的时间和现在的地点是灵魂存在而有意义的地方，与过去的时间和将来的时间——如《荒原》中的"记忆和欲望"——相对。

这里，无始无终时刻的交叉点，

在英国，只在这里。永不而永远。

II

一个老人衣袖上的灰[1]

是燃尽的玫瑰留下的灰。

悬在半空中的尘土

标志着一个故事的终结。

吸入的尘土曾是一幢房子——

墙、护壁板还有耗子。

希望和绝望的死亡，

   这是空气的死亡。

在眼前，在嘴中

有着水灾和干旱，

死水和死沙

争着要占上风。

干燥龟裂、再无生气的土壤

瞪视着劳作的徒劳，

没有欢乐的笑声。

   这是土地的死亡。

1　第二部是抒情部，诗人沉思着四个元素的死亡——空气、土、水和火——这四大元素构成物质世界。

水和火继承

城镇、牧场和青草。

水和火嘲笑

我们拒不做出的牺牲。

水和火将会锈去

我们忘却了的圣坛

和唱诗班受损的基础。

   这是水和火的死亡。

在黎明前那难以确定的时刻[1]

  接近漫无止境的长夜的终结,

  在漫无终结中重现的终结,

在黑色鸽子[2]吐着闪亮的舌头

  掠过归途,在地平线下,

  枯叶仍像罐头一般砰砰作响

在听不到其他声音的沥青路上

  在浓烟升起的三个街区中,

  我看见一个人走来,步子缓慢而匆匆,

就仿佛金属树叶任风向我吹来

  在城市拂晓时的风里,毫无抵抗。

  我凝视着那张低垂的脸

像我们在渐逝的灰暗中遇到陌生人时

那样，挑战似的打量、凝视着他，

我突然看到某个逝去的大师的眼光

我曾认识他，后来忘了，又回忆起一半

一个和许多个；在晒成棕色的容貌中

一个熟悉的混合鬼魂的眼睛 [1]

既亲密无间，又难以区分。

于是我用一种双重身份喊，

也听到另一个声音喊："什么！你在这里？" [2]

虽然我们不曾在这里，我依然故我，

知道我是自己同时又是另一个——

他一张脸正在形成，但这些足够促成

在话说出口前已开始的相认。

这样，顺从着共同的风，

相互太陌生，而不会误解，

与时间的交叉点一致，在无处

相遇中相遇，空前绝后，

在死一般的巡逻中，我们走在人行道上。

我说："奇怪的是我感到轻松，

但轻松正是惊讶的原因。所以说：

我可能并未理解，可能并未记住。"

他说："我不急于背诵

你已忘了的我的思想和理论。

1　艾略特后来说他主要指的是 W.B. 叶芝和乔纳森·斯威夫特。

2　这自然是想象中的对话。

这些东西已达到了目的：就让它们去吧。

你自己的也是如此，祈祷能被其他人

　　宽恕，就像我请你宽恕我的一切，

　　好的和坏的。上季的水果已吃完，

吃饱了的野兽就踢空空的桶。

　　因为去年的话属于去年的语言，

　　而明年的话等待另外一个声音。

但是，就像这条通道现时未呈现任何障碍，

　　妨害没有满足的、来自远方的精神

　　在两个变得彼此很像的世界之中，

我找到了我从未想过要说的话，

　　在我从未想到要重访的街道上，

　　那时我将躯体留在一遥远的海岸。

既然我们的关注是言语，言语逼迫我们

　　使部落的方言纯净，[1]

　　使头脑去思前瞻后，

让我打开为老年保留的礼品，

　　给你终身的努力戴上一顶皇冠。

　　首先，熄灭中的感性冷冰冰摩擦，

缺乏魅力，也不能给人希望，

　　只有水果影子般苦涩无味，

　　就像身体和灵魂开始分解。

1　参阅马拉美（Stéphane Mallarmé）的诗："给一个部落的词更确切的意义。"艾略特认为，这是诗人的职责。

其次，对人类的愚蠢意识到：[1]

无能为力的愤怒，还有对

那不再可笑的东西揪心的笑。[2]

最后，对你所做的，你所是的一切的

重新认定的剧烈痛苦，动机的

可耻后来才得到披露，关于事情

做得不好，以及做得有损别人的感觉，

而你曾将此当作德行的运用。

于是傻瓜的赞同开始作痛，荣誉成了污点，

从错到错，那激怒的灵魂继续

向前，除非在净化的火中得以恢复，

在火中你必须按着拍子移动，像个舞者。"[3]

天色破晓。在毁坏的街道中

他离开我，说着告别词，

在号角鸣响时渐渐隐去身形。[4]

Ⅲ

有三种经常显得相似的情形，

却迥然不同，盛开于同一排灌木丛，

1　此处可参阅叶芝的诗《刺激》，诗中谈到欲望和狂怒是老年的两个组成方面。

2　斯威夫特的墓志铭："现在野蛮的愤怒／再也不能撕裂他的心胸。"

3　这几行诗也许受到叶芝的《拜占庭》和《在学童们中间》的影响。

4　鬼魂通常在鸡啼时消失，这里的"号角"指的是解除警报的声音。

对自己、对事物、对人们的依恋；

对自己、对事物、对人们的超然；

还有在依恋和超然中生长的无动于衷，

与其他两种情形相似，如死亡与生活相像

在两种生存中存在——不能开花，

在活的和死的荨麻中。那是记忆的用途：

为了解脱——不是要爱得少些，而是要将爱

超越欲望，于是从将来，也从过去中

得到解脱。这样，对一个国家的爱

始于对自己活动领域的依恋，

又终将发现那一活动无关紧要，

但绝非无动于衷。历史可能处于奴隶状态，

历史或许是自由。看，它们现在消失，

那些脸庞和地点，还有尽力爱它们的那个自我，

都得以更新、变形，在另一个图案之中。

罪是必需的，但是 [1]

一切将会变好，还有

所有的事情都将变好。

如果我再一次想到这地点

和人，想到一切并不都值得称颂。

并不是亲近或仁慈的人，

1　英国十四世纪神秘主义者诺里奇的朱利安（Juliana of Norwich）在一次幻觉中被告知："罪是必需的，但是一切将会变好……还有所有的事情都将变好。"艾略特引用这话可能有多种意思。

而是其中一些有着特殊的天赋，

为一种共同的天赋所感召，

在那场分裂他们的斗争中统一；

如果我想到夜幕降临时的一个国王，[1]

想到三个人，还有更多的，在断头台上，

更有几个死得默默无闻，

在其他地点，国内或是国外，

还想到另一个人，他死时，失明但是安宁，[2]

我们为什么要纪念

这些死者，甚于那些正在死的人？

不要去把铃向后面摇，

也不是一种充满魔力的咒语

去召唤一朵玫瑰的鬼影。[3]

我们不能复活旧日的派系，

我们不能恢复旧日的政策，

或跟随一面古色古香的鼓。

这些人，还有那些曾反对他们的，

以及他们曾反对的那些人

现在都在领受寂静的宪法，

加入一个唯一的党派。

无论我们从幸运者手里继承什么，

1　英王查理一世和他两个主要助手于 1649 年被清教徒判处死刑。

2　约翰·弥尔顿，他是站在克伦威尔一边反对英王的。

3　双关语。当时有一部芭蕾舞剧名为《玫瑰花魂》（*Le Spectre de la Rose*），描写一个姑娘梦见她曾佩戴着参加舞会的一朵玫瑰花的鬼魂。但此处也指玫瑰战争。

我们却从战败者那里得到了

他们不得不留给我们的——象征：

一个在死亡中臻于完美的象征。

一切都将变好，还有

所有的事物都将变好，

凭着动机的纯净，

在我们恳求的土地上。[1]

IV

俯冲的鸽子以白炽的[2]

恐惧之焰划破天空，

这样的舌头高声宣布

从罪恶和谬误中的唯一解脱。

唯一的希望，要么就是绝望

    在干柴堆和柴堆的选择之中——

      从火焰到火焰去获得拯救。

那么又是谁安排了磨难？爱情。

爱情是个不熟悉的名字

藏在那双手织成的

1　诺里奇的朱利安在幻觉中被告知"我们恳求的土地"是爱。

2　鸽子既象征着轰炸机，又象征着有多舌火焰的圣灵。这两种火，毁灭性的和净炼性的火。形成诗的总体象征。

无法忍受的火焰衣后面，[1]

人世的力量无法把它脱去。

　　我们仅是活着，仅是呼吸，

　　为这种火焰或那种火焰燃尽。

V

我们称为的开始经常是结束，

作一次结束就是作一次开始。

结束是我们的出发之处。每个正确的

片语和句子（每个词都恰到好处，

各就其位，更互相支撑，

既不晦涩，也不故作炫耀的词，

旧的和新的不费气力的交易，

普通的词，但精确，又无俗气，

正规的词，意义确凿，可不迂腐，

完美的伴侣在一起舞蹈）

每个片语和句子是一个结束和开始，

每一首诗，一个墓志铭。任何一个行动

都迈出一步，向断头台，向火焰，向海的喉咙

或向一块无法辨认的石碑：那是我们的出发之处。

1　指希腊神话中"涅索斯衬衣"（Shirts of Nessus）。赫拉克勒斯的妻子让赫拉克勒斯穿上这件衬衣，因为她受骗误以为这件衣服能使他重新爱上她，不料赫拉克勒斯一穿上，即痛苦不堪，最后自焚而死。

我们和正在死的人一起死去：

看，他们逝去，我们随他们而去。

我们和死了的一起诞生：

看，他们归来，他们带着我们。

玫瑰的时刻和杉树的时刻 [1]

同样的持久。一个没有历史的民族

无法从时间中得到拯救，因为历史是一种

无始无终之时刻的图案。于是，一个冬日下午，

光线渐渐暗淡，在一座僻静的教堂里，[2]

历史就是现在和英格兰。

这爱情的描绘和这感召的声音 [3]

我们将不会停止我们的探索，

我们所有的探索的终结

将来到我们出发的地点，

将第一次真正认识这个地点。

通过这不可知、却记住了的门——

那时，最后让人发现的土地

就是人们曾经开始的地点，

在最长的河流的源头

隐藏的瀑布的声音

---

1 玫瑰是爱情和生活的象征，杉树是悲哀和死亡的象征。

2 小吉丁的一所教堂。

3 引自《云一般的无知》一诗，那是十四世纪一篇匿名的宗教作品。

还有苹果树中孩子的声音[1]

不为人知晓，因为人们未曾寻找

但人们听到，听到了一半，在

大海一重重波浪的宁静中。

快吧现在，这里，现在，永远——

一种完全单纯的状态

（要付的代价与任何事物的一样多）

一切都将变好，还有

所有的事物都将变好

当火焰的众多火舌混在一起，[2]

成了戴着皇冠似的火团

火焰和玫瑰合二为一。[3]

---

1 孩子和画眉的声音，在《燃毁的诺顿》中曾出现过，表示一个无限时间的世界越过有限时间的世界，永恒越过现在。
2 原是航海用语，意谓打结之后就不能解开。
3 火焰表示着神灵的威力和强度，玫瑰象征着同情和爱情。这两个象征也许还有其他内涵，它们的合二为一意味着幻象的经历和寻常的人生的统一。

辑十一　早年诗

毕业的时刻

一

站在我们已知的一切的岸上，
稍带迟疑地停留片刻，
然后哼一支曲子，我们驶出
港口——既无航海图展示航程，
也无灯光警告海底的礁石，
但让我们勇敢地乘风破浪。

二

当殖民者告别这片海滩，
去异国的海岸寻求财富，
他们明白他们所失去的，时间
无法恢复，他们离开时清楚，
虽然他们会又一次重见祖国，
却再也不是那里的公民。

三

我们向前去，就像夏日暴雨后

插上闪电翅膀的云朵一般，
越过汪洋，匆匆去北方、南方、
东方、或去太阳用无穷色彩
渲染着的西方天际，直到
最后消逝，再无踪迹可见。

四

纵然道路曲折，只能慢慢前行，
纵然沿途遍布成千上万的惊恐，
在青春充满希望的眼睛里，仍是
长满玫瑰与山楂树的小径。
我们希望就是这样：祈愿我们知道，
祈愿在未来的岁月中就这样看到。

五

巨大的责任在呼唤——二十世纪，
远比过去的世纪更多彩多姿，
在召唤——谁能说时间会带来什么，
未来的年代要见证怎样伟大的业绩，
什么将能征服痛苦与不幸。

六

但如果这个世纪要比过去的世纪
更加伟大，她的儿子就必须发愤图强，
我们正是他的儿子，就得尽我们的力量
帮助塑造她的命运，充满急切的期望，
去尽力做到：她将获得如此骄傲的产业，
还会在将来，把这份产业给后人赐赏。

七

一笔如此丰厚的遗产——愿我们
在将来的岁月里能被列入那样的人中：
他们为了美好的事业，工作了一生，
不要任何其他的报酬，只要心中深明，
他们曾经帮助这个事业获得胜利，
因为他们的援力，旗帜飘荡在上空。

八

在遥远岁月的某一时刻，我们都将
鬓角灰白，老态龙钟，无论命运怎样，
我们都将会渴望着重新见到这块地方，
那时我们无论已做了什么，或成了什么样，
或已踏上了一片多么遥远的国土，

我们将仍然永远不会忘掉这块地方。

九

因为在这灵魂的避难所里，
在清澈、纯洁、一尘不染的庙宇中，
祭坛上的烟将向你冉冉升起，
哦我们的学校！岁月滚滚消逝，
我们向着目标前进，没有
力量可以磨灭这一切记忆。

十

我们将回来，那时会看到
不同于现在所熟悉的校园；
但那些仅仅是外表上的改变，
使其伟大的一切并没有丢下，
我们将会见到同样的学校，
虽然作为学生，我们此刻正离开。

十一

我们前行，就像在梦中闪掠的脸庞，
多亏你的关怀和教导，我们走入
未知的世界——经过了女王一般的

学校中一堂堂课——这一刻的闪亮，
像溪流上的一个水泡，
像清晨草叶上的一颗露珠。

十二

你不会逝去——每一个新的年头来临，
你的光荣与名声都将随之俱增，
愿能有比这更有力的词语可以宣扬
你的辉煌，所有的人们都可听到，
愿你更有价值的儿子们，无论远近，
把你的名字传播到遥远的土地和海洋。

十三

于你，对正在离去的儿子们就像
对那些后来要离去的人们一样，
在他们辞别你的关爱，踏上未知的
土地前，给予告诫、指导，还有朋友的
祝福，这是你骄傲而宁静的座右铭，
岁月流逝，依旧是"进步"这一个词。

十四

于是我们告一段落，再不延缓；

这是每一个故事的结尾："再见"。

一个词，像钟声一般回响，

我们都不愿说出口的一个词，

但这是我们不得不服从的召唤，

大家都走吧，最后说一声"再见"。

破晓之前

灰色的云，红色的云，编织在东方，
窗台上的花朵啊，转身迎向黎明，
一瓣接着一瓣，等待着阳光，
新鲜的花，枯萎的花，花朵在黎明。

今晨的花盛放，昨天的花也曾盛放，
晨光熹微，房间里飘过了芳香，
花色正浓的芬芳、花事阑珊的芬芳，
新鲜的花，枯萎的花，花朵在黎明。

歌

白月光菊向白飞蛾绽开花瓣妖娆，
薄雾从海面上慢慢地爬来；
一只白色的巨鸟——羽毛似雪的枭
从白桤树梢上悄悄飞下。

爱啊，你手中捧着花朵
比海面上的薄雾更为洁白
难道你没有鲜艳的热带花朵——
紫色的生命，给我吗？

忧郁

星期天：这个队伍确实是
星期天脸上充满满足的行列，
无边女帽、带边丝帽，有意识的优雅姿势
不断重复，用这种肆无忌惮的
无关的一切，替代了
你头脑中的自制。

傍晚，茶点的灯光！
孩童和猫儿在胡同中：
沮丧，无力来反抗
这种同谋般的沉闷。

而生活，头顶微秃，鬓角灰白，
无精打采，索然乏味，吹毛求疵。
等待着，帽子和手套握在手里，
一丝不苟的领带和服装
（多少有些不耐烦拖延）
等在绝对的台阶上。

瑟西[1] 的宫殿

围绕她的喷泉，水流汩汩

传出人们痛苦的声音，

那里开遍陌生的花朵，

花瓣镶有毒牙，颜色殷红，

还带着可怕的斑点和条纹，

花朵在死者的肢体中复活，

这里，我们不会再次来临。

黑豹从自己的洞穴中跃起，

森林中，低荫越来越密，

在花园的台阶上

躺着懒洋洋的巨蟒；[2]

孔雀踱着，庄严又缓慢，

眺望我们，用人的眼睛，

这些人我们很久前就已熟知。

1　荷马史诗《奥德赛》中引诱男子的女妖。

2　希腊神话中阿波罗杀死的巨蟒。

歌

我们越过山岭回家，
不见树叶从树上飘下，
煦风温柔的手指，
还没撕碎那颤抖的蜘蛛网。

灌木丛中花朵依然姹紫嫣红，
不见飘零的花瓣躺在丛中，
但你花环上的野玫瑰啊，
叶子棕黄，早已凋谢枯萎。

一幅肖像

在一堆稀薄的梦中，我们不得安详的
头脑与疲倦的双脚所熟知的梦中——
永远赶在街头，来来回回，急急匆匆——
她独自伫立房中，在薄暮的时光，

不像一尊静穆的石雕女神像，
而是仿佛是林荫深处人们遇见的
沉思中的娇美精灵，瞬息即逝，
人们自己的一个无形体的幻象。

没有欢悦或不详的沉思
扰乱她的红唇，激动她的纤手，
她漆黑的眼睛藏着不知的秘密，
在我们思想的圈子外，独立悠悠。

木栏上的鹦鹉——一个间谍，默默无话，
用耐心又好奇的目光打量她。

幽默曲

（戏仿拉福格[1]之作）

我的小傀儡已呜呼哀哉，

虽然还未对游戏感到腻，

但是，头部弱，身体也已衰，

（一个跳娃娃有这样的骨子）

可这死去的小傀儡啊，

我相当喜欢：一张普通的脸

（我们会把那种脸忘记）

在滑稽的、沉闷的鬼相中撮尖。

半是声势赫赫，半是苦求连连，

嘴巴一扭，吹出最流行的曲子，

他那"你到底是什么人"的瞪眼，

上去，也许，一直上到月亮去。

长篇大论的鬼魂，把小傀儡

和地狱里其他无用的东西放在一边，

去年春天以来最时髦的款式，

地球上最新的式样，我敢断言。

1　指儒勒·拉福格（Jules Laforgue），法国象征主义诗人。

你们为什么不把头衔得到？

（鼻子有些看不起的意味），

你们该诅咒的月光，比气球更糟，

"现在，在纽约"……还有诸如此类。

一个傀儡的逻辑，前提

全盘皆错，但在某个星球上

一位英雄！——他究竟属于哪里？

即使在这点上，这面具也真怪模样！

歌

如果空间和时间，如哲人们所讲，
　　是实际上不能存在的东西，
苍蝇仅仅活了一天的时光，
　　也就和我们活得相差无几。
让我们尽情生活，只要这样就行，
　　只要爱情和生活都是自在，
因为时间就是时间，时间奔向远方，
　　虽然哲人们有不同的道理。

当露水还在藤蔓上颤抖时，
　　我送你的那朵鲜花
已枯萎了，而野蜂还未飞去，
　　把那野玫瑰吮吸一下。
但让我们加快采撷新的花朵，
　　看到花朵凋零也不会泪下，
虽然生活中的花朵寥寥无几，
　　但让它们放出神圣的光华。

一曲抒情诗

如果时间和空间，如哲人们所讲，
　　是实际上不能存在的东西，
从不感到衰败的太阳，
　　不比我们有多了不起。
那么爱人啊，我们为什么要祈想
　　活上整整一个世纪？
仅仅活了一天的蝴蝶，一样
　　也把永恒经历。

当露水还在藤上颤抖时，
　　我给你的那朵鲜花
已经枯萎了，而野蜂还未飞去
　　把那野玫瑰吮吸一下。
那么让我们快去采撷新的花朵，
　　看到花朵憔悴，也不会泪下，
虽然我们爱情的日子屈指可数
　　但让它们放出神圣的光华。

辑十二　晚期即兴诗

写给死在非洲的印度人

《写给死在非洲的印度人》是应考妮丽亚·莎拉贝女士之约,为《玛丽皇后为印度写的书》写的(哈勒普公司,1943 年);我现在把它献给波纳米·沙勃里,因为他喜欢它,并坚持要我把它保留下来。

一个人的归宿是在他自己的村庄,
他自己的炉火,他妻子的烹调,
落日时,端坐在自家门前。
看他的孙子,他邻居的孙子,
　　在尘土中一起游戏。

伤痕累累但终于安定,他有着许多回忆,
聊天时,往事仍历历在目,
(温暖或冷爽的时刻,视气候而定)
谈论异国的人在异国作战,
　　他们相互陌生。

一个人的归宿不是他的命运,
一个人的国对一个人来说是家
对另一个人来说是流放。他勇敢地
与他命运一起死去的那片土壤就属于他。

让他的村庄记住吧。

那不是你的土地，也不是我们的，而是中部的一座村庄，
五条大河中的一条，或许还有同样的墓地。
让那些回家的人讲着你的同样故事，
讲着目标共同的战役，虽然关于这战役的
结果，要到你我身后
的审判时才能知晓，
　　这战役依然硕果累累。

勃斯托弗·琼斯：活跃在交际场合中的猫

勃斯托弗·琼斯可不是皮包骨头——

事实上，他是引人注目的胖。

他从不出没酒馆——他属于八九家俱乐部，

因为他是圣詹姆士街的猫！

走在大街时我们都要打招呼的猫。

他穿着那件讲究非凡的黑外套：

捕鼠的猫可没有这样剪裁得体的裤子。

或这样毫无瑕疵的背心。

在圣詹姆士街上最时髦的名字就是

这只猫中的勃勒米尔[1]的称号，

因为那套白鞋罩的勃斯托弗·琼斯

向我们点头鞠躬，我们都感到骄傲！

他偶尔会造访"老年教育学校"，

那就冒了违反规则的风险，

任何猫都不能既属于"老年教育学校"

同时又属于"联合高级学校"。

因为同样的理由，每当什么野禽上市，

他不在"狐狸"，而在"胖子"饭馆露面；

1　指乔治·布鲁梅尔（George Brummell），英国乔治四世时代出名的花花公子。

但他常去"舞台和银幕"餐厅,

那里的峨螺和大虾特别出名,

到了吃鹿肉的季节,他在"波特亨特"菜馆中

把汁水淋漓的鹿骨头嚼饱,

中午前,一点儿也不会大早,

他进"特罗纳斯"酒吧喝一杯。

人们见他走得匆忙时,很可能

"暹罗"或"饕餮"中有道咖喱饭,

要是他满面愁容,他准在"坟墓"中用午餐,

吃了白菜,米饭布丁和羊肉。

这样,常常这样,勃斯托弗·琼斯度过一天——

现身在这家或那家俱乐部中。

毫不惊讶,他在我们眼皮下

自然要长得浑身滚圆。

他足有二十五磅,要不我就是胡闹,

他的体重每天还在往上增高;

可他又保养得这般好,因为一辈子

他都守着一条规矩,他这样说:

(或用韵文说)"我将长命百岁。"

这句话,出自这只最健壮的猫。

蓓尔美尔[1]必须是也将是四季如春,

而勃斯托弗·琼斯戴着白色鞋罩。

---

1 "波特亨特"原文为"the Pothunters";"特罗纳斯"原文为"the Drones";"蓓尔美尔"原文为"Pall Mall",伦敦一街名,街上多俱乐部。

保卫群岛

《保卫群岛》不能称之为诗，但它的写作日期——在敦刻尔克大撤退之后，这一事件对我来说具有重要意义，使我想把这首诗保存下来。

麦克纳特·考弗当时正为情报部工作。应他的要求，我写下了这几行诗，配合在纽约举行的一个关于英国战争努力的摄影展览。诗后来又发表于《战争中的英国》（现代艺术博物馆，纽约，1941年）。我现在献上这首诗，作为对爱德华·麦克纳特·考弗的纪念。

让那些纪念物——巨大的石块，
永恒的乐器，数个世纪来大地的
细心耕耘，以及英国的诗歌——建成的

纪念物和保卫群岛的纪念
紧紧连接在一起

纪念那些人；他们被派遣去灰色的
船只——战舰、商船、拖轮——
为了在海面上，用英国的骨骸
铺出这时代的道路，做他们的贡献

纪念那些人：他们在人类与死亡最新的
赌博中，在天空中、火光中与黑暗的力量交战

纪念那些人：他们紧随着他们在
法兰德和法兰西的先驱，在败役中不败
在胜利中不骄，除了武器之外
和他们的前人一模一样

再纪念那些人：对于他们，光荣之路
就是英国的大街小巷：

说，向我们的血液和我们的语言的
过去的和将来的一代说，我们遵守命令
进入我们的阵地。

给我妻子的献辞 [1]

这都归功于你——那飞跃的欢乐
使我们醒时的感觉更加敏锐，
那欢欣的节奏，统治着我们睡时的安宁，
　　合二为一的呼吸。

爱人们散发着彼此气息的躯体
不需要语言就能思考着同一的思想
不需要意义就会喃喃着同样的语言。

没有恶劣的严冬寒风能够冻僵
没有愠怒的赤道炎日能够枯死
那是我们，只是我们玫瑰园中的玫瑰。

但这篇献辞是为了让他人读的：
这是公开地向你说我的私房话。

1　这是艾略特写给他第二个妻子瓦莱丽的。

献辞（二）

没有恶劣的严冬寒风能够冻僵
没有愠怒的赤道炎日能够枯死
那两个知己知彼的头脑中的爱情
那两个互敬互重的灵魂间的崇拜
那两具紧贴在一起的躯体的欲望

给你，我献上这篇献辞
对我们，这三个词紧密相连
爱情，崇拜，欲望

一位高个子姑娘的乳房

我亲爱的姑娘站着，赤裸的身材高挑，
骄傲而充满欢乐，不是因为她自身的美貌，
而是因为知道：她美貌的魅力怎样
刺激我的欲望（我站在她面前，直挺挺
举起，因为欲望的高涨战栗）。
她的乳房如此成熟、丰满，
仿佛展现夏日的完美风光。

我亲爱的姑娘仰面躺着，
她分得很开的乳房显得小而结实，
高耸，尚未成熟但正在成熟中，
就像她在十五岁的日子里
所看起来的模样。

我亲爱的姑娘侧卧着，
她双乳挨在一起，一个在另一个上，
我把手塞进她乳房中
就牢牢卡住在双峰间——
一个幸福的囚犯。

我亲爱的姑娘站在我们床边，

向我俯下身子，而我躺着，抬头看她，

她的双乳像成熟的梨子

轻荡，在我凑近去采摘的

嘴上晃动。

高个子姑娘怎样与我一起玩

我爱一位高个子姑娘。我们面对面，
她一丝不挂，我也一样；
她穿高跟鞋，我光脚，
我们的乳头恰好相贴，又痒
又烧。因为她是高个子姑娘。

我爱一位高个子姑娘。她坐我膝上，
她一丝不挂，我也一样，
我刚够把她的乳头含在唇间，
舌尖爱抚。因为她是高个子姑娘。

我爱一位高个子姑娘。在床上，
她仰躺，我身子在她上面舒展，
我们躯体的中间部位更不停地忙，
我脚趾玩着她的，她舌尖逗着我的，
一切都欢乐无比。因为她是高个子姑娘。

我的高个子姑娘跨坐在我膝上，
她一丝不挂，我也一样，
我们躯体的中间部位更不停地忙，
我抚摸她的背，她修长、白皙的腿。
我们俩多么幸福。因为她是高个子姑娘。

一起睡

一起睡，但小醒一会儿，
欢快地醒来，凝视亲爱的人，
倾听那深深、平稳的呼吸
告诉我此刻她正熟睡。

我手臂围绕她赤裸的躯体，
我的手握住她乳房，乳头
紧贴在我手掌中，
充满温情地颤动。

我手指温柔地移到她肚脐，
触及肚脐下多美的茸茸一片，
停留到在她大腿间的毛上。

一起睡的奇迹是：自信。为什么
我的手要让她醒来？甚至在睡眠中
无意识却感觉到，那抱住她的手、
正爱抚她的手指，都感到那么熟悉。

爱不是要愉悦自己

爱不是要愉悦自己
而是担心不能给予欢乐
担心给另一个人带来不安
在天堂的发脾气中盖起地狱。

于是溪流旁的卵石
在牛蹄的踩踏下这样
吟唱。但是一小块泥土
颤声哼出这押韵的一行行。

"那不是要取悦的爱情
对他人其实缺乏关爱
只是为了自己的舒适欣喜欲狂
在地狱的绝望中建起天堂。"

附录

1948 年诺贝尔文学奖授奖辞

在令人印象深刻的诺贝尔文学奖获得者行列中，T.S. 艾略特显得与那类通常获奖的作家截然不同。他们中的大多数人代表了一种在大众意识中寻求自然联系的文学，为了达到这目的，他们或多或少是用现成的手法。而今年的获奖者则选择了另一条道路。在一个排外和自我意识到的孤独位置中，艾略特渐渐产生了深远的影响，正是在这一点上，他的事业不同寻常。艾略特一开始似乎只是为一个懂诗的小圈子写诗，然而这个圈子不以他主观愿望为转移，慢慢地扩大了。所以，在艾略特的诗歌和散文中有一种很特殊的声音，这种声音使我们这个时代不得不加以重视，这是以一种钻石般的锋利切入我们这代人的意识的能力。

在艾略特的一篇论文中，他提出一个客观的、独到的论点：我们当代文明中的诗人只能是难以理解的。"我们的文明，"他说，"包含着极大的多样性和复杂性，这些多样性和复杂性影响于细腻的感性，必然产生各种复杂的结果。诗人必须变得越来越包罗万象，越来越隐晦，越来越间接，这样才能够迫使——必要时甚至打乱——语言来表达他的意思。"

在这样一篇声明的背景中，我们就可以来检验他的成果，从而理解他所做的贡献的重要意义。这样做是值得的。艾略特最初就是以他在诗歌中富有意义的尝试博得声誉。《荒原》问世于一九二二年，当初曾在好些方面显得令人费解，那是因为它复杂的象征性语言，镶嵌艺术品一般的技巧，博学的隐喻的运用。人们可以回顾一下，这部作品正好与当时另一部对于现代文学起了轰动一时影响的先锋派作品在同一年发表，那部作品是引起人们广泛议论，出自爱尔兰巨匠詹姆斯·乔伊斯之手的《尤利西斯》。这种平行性并非偶然，因为一九二〇年左右的作品，无论在精神上还是在创作方式上，都是十分相像的。

《荒原》——当它晦涩而娴熟的文字形式最终显示出它的秘密时，没有人感受不到这个标题的可怕含义。这篇凄凉而低沉的叙事诗意在描写现代文明的枯燥和无力，在一系列时而现实时而神话化的插曲中，景象相互撞击，却又产生了难以形容的整体效果。全诗共有四百三十余行，但实际上它的内涵要大于同样页数的一本小说。《荒原》问世已有四分之一个世纪了，但不幸的是，在原子时代的阴影下，诗灾难性的预见在现实中仍有着同样的力量。

此后，艾略特又着手从事一系列同样辉煌的诗歌创作，追求着一个痛苦的、寻求拯救的主题。在一个没有秩序、没有意义、没有美的世俗世界中，现代人"可怕的空虚"以一种强烈的诚实跃然纸上了。在他最近的一部作品《四个四重奏》（1943）中，艾略特的文字炉火纯青，仿佛达到了沉思冥想的音乐境界，还有几乎像是礼拜仪式的合唱，细腻而精确地表达了他的心灵。超验的上层建筑在他的世界图像中更加明确清晰地竖立了起来。同时，在他的戏剧作品中出现了一种明显的努力，追求一种肯定的、具有指导作用的信息，这特别是表现在写坎特伯雷的托马斯的大型历史剧——《大教堂谋杀案》（1935）中，但也表现在《合家团圆》（1939）中——这是将基督教关于原罪的教义与古希腊的命运神话结合起来的一次大胆的尝试，戏放在一个完全现代的环境中，场景设在北英格兰的一所乡村茅舍。

艾略特作品中的纯诗歌部分在数量上并不大，但是它现在屹立在地平线上，宛如升起在大海上的一座岩峰，并无可争辩地形成一座里程碑，有些时候还真显得像大教堂的神秘的曲线。这些诗歌打上了他鲜明的印记，具有严格的责任感和非凡的自我约束能力，摒弃了所有抒情的老调，完全着墨于实质性的事物上，严峻、硬朗、质朴，但又不时地为来自奇迹与启示的永恒空间的光芒照耀。

要真正了解艾略特，总是会遇到需要解决的难题，还有需要克服的障碍，但这样做时又是令人鼓舞的。这位在写作形式上激进的先驱，当今诗歌风格革命的创始人，同时也是一个具有冷静推理和精细逻辑的理论家，他从不厌倦地捍卫历史的观点以及为了我们生存而存在的固有道德规范的必要性。这样说或许会显得有些矛盾，还在二十世纪四十年代他就在宗教上成为英国国教的信奉者，在文学上成为古典主义的坚决支持者。从这个生活的哲学观来看——这意味着他一直要回到由漫长的年代确立的理念上来——似乎他的现代派实践会同他的传统理论发生冲突。但并非如此。事实上，在一个作家能力所及的范围内，他一直不断地努力在这个鸿沟上架接桥梁，并取得了不同程度的成功，因为他必然充分地并且可能痛苦地意识到了这种鸿沟的存在。他早期的诗歌——在其整体技巧形式上如此令人震惊地互不联系、如此认真的咄咄逼人——最终也可理解为表示对某种思想的否定式的表达，这种思想致力于达到更崇高、更纯洁的现实，但必须首先摆脱它自身的嫉恶和冷嘲。换句话说，他的叛逆是一种基督教诗人的叛逆。在此还应注意的是，总的说来，当涉及宗教力量，艾略特非常注意不去夸大诗歌的力量。只是在他想说明诗歌确实能对我们的内心生活有何作用的时候，才极其小心地并有所保留地这样做，"它可以经常使我们更多地懂得一点那些更深的，无名状的感觉，正是这些感觉构成了我们存在的基础，而我们又很少能看透它们，因为我们的生活往往是对我们自己的不断回避。"

因此，如果说艾略特的哲学位置恰恰是在传统基础之上的，那么仍然应当记住，他不断指出的那个词在当今的辩论中是怎样被普遍地误用着。"传统"这个词本身包含着运动的意思，包含着某种不可能是静止的，不断地为人传递并且吸收的意思。在诗歌传统中，这个活生生的原则也是通行的。现成的文学作品形成了一个理想的秩序，但是秩序在每一部新的作品加入它的行列时，这个秩序都略微改变了。比重和价值都在不停地起着变化。正如老的指导新的一样，新的也反过来指导着老的，一个认识到这一点的诗人必须也认识到他的困难和责任的程度。

从外表上看，现年六十岁的艾略特回到了欧洲——那古老的，风雨飘摇的，然而仍不失其令人敬仰的文化传统之故乡。他出生在美国一个于十七世纪末自英格兰移居来的清教徒的家庭。他年轻时在巴黎大学、马尔堡大学及牛津大学学习的年代就清楚地显示出，在内心深处他同"旧世界"的历史背景更为接近，于是自一九二七年后，艾略特先生成为一位英国公民。

在这个授奖仪式上，要将艾略特作为一个作家性格的复杂多重性全部阐述出来是不可能的，只能从他那些最为突出的特点中略举一二。其中一个显著特点是他高度的、富有哲学修养的智力，这种智力成功地使想象和知识，思想的敏感性和分析力一起发挥了作用，他常能在思想和美学观点上使人重新考虑重要的问题，艾略特在这一点上也是非凡的。无论人们对他的评价会多么迥异，对于这点都从无否定，即在这个时期，艾略特是位杰出的提出问题的人，并赋有发现恰切词汇的卓越才能——这既表现在诗歌语言上，也表现在捍卫论文中的观点中。

他写过关于但丁的最杰出的研究著作之一，这也绝非出自偶然。在他痛苦的哀恸中，在他形而上学的思维方式中，在他对于世界秩序热烈的渴望中——这种渴望来自于宗教——艾略特的确具有与这位伟大的佛罗伦萨诗人在某些方面的联系。在他自己环境的种种情况中，他可以合情合理地被看作是但丁最年轻的继承人之一，这为他增添了荣誉。在艾略特传达的信息中我们听到了发自其他时代的庄严回声，然而这种信息在给予我们这个时代和当今活着的人时，其真实性并无丝毫减少。

艾略特先生，根据证书，这个奖励的授予主要是因为对您在现代诗歌中作为一个先驱所取得杰出成就的欣赏。我在此尽力对于这项受到本国许多热情读者钦佩的极其重要的工作作了扼要的介绍。

恰恰是在二十五年前，在您所在的位子上站立着另一位以英语写作的著名诗人——威廉·巴特勒·叶芝；今天您作为世界诗歌漫长历史中一个新阶段的带领人和战士接过这个荣誉。

现在，我代表瑞典皇家科学院向您祝贺，请您从王储殿下手中领奖。

瑞典皇家科学院常务秘书，安德斯·奥斯特林

1948 年

（乔凌 译）

1948年诺贝尔文学奖受奖演说

　　当我最初开始考虑今晚上要对你们说些什么时，我只是想对瑞典皇家科学院能授予我的崇高荣誉表示我的感激之情。不过，要充分做到这一点并非易事：我的职业是与言语打交道，而在这一刻，言语却超越了我的掌握。如果仅仅说我意识到已获得了一个文人所能得到的最高国际荣誉，其实只是说了每个人都已知晓的事。倘若要表白我自己的受之有愧，则会对皇家科学院的睿智投上怀疑的阴影。假如要赞扬皇家科学院，又会使人们想到，我，作为一个文学批评家，赞同人们对作为一个诗人的我的承认。因此我是否能够请求：让这些都作为想当然的事而不用多说了——当我得悉自己获奖，我感受到了任何一个人在这样的时刻会体会到的正常的欣喜和虚荣的感情，既乐于听到人们溢美之词，又对一夜之间成为一个公众注意的人物的种种不便感到烦恼？要是诺贝尔奖在性质上与其他奖项相似，只是更具分量，我仍会努力去找到感激之辞，但既然它与任何一种奖都截然不同，要表达一个人的感情就需要语言所不能给予的帮助了。

　　因此我必须努力用一种不那么直接的方式来表达我自己的感情，那就是向你们谈一谈我对诺贝尔文学奖的意义的认识。如果它仅仅是对成就的承认，或对一个作者的荣誉已越过他自己的国界和语言的承认，我们可以说，几乎任何一个时刻的任何一个人都不比其他人更值得这样荣光非凡。但我在诺贝尔奖里看到了一些多于、而且不同于这种承认的东西。在我看来，这更是一种个人的挑选，从一段时间到一段时间，从一个国家到一个国家，由一种恩惠挑选出来，去履行一个独特的职责，成为一种独特的象征。一场仪式得以举行，借此一个人突然被赋予某种他以前未曾履行过的职责。问题不在于他是否值得被挑选出来，而在于他是否能履行你们分配给他的职责；这就是要像任何人能做到的那样，作为一个代表去做出努力，代表着比他自己所写的东西的价值要重要得多的东西。

诗歌通常被认为是最具地方色彩的艺术，绘画、雕塑、建筑和音乐都可以被所有能听或能看的人欣赏。但是语言，尤其诗的语言，是一件不同的事。似乎，诗歌把人们分离开来而不是团结拢来。

另一方面，我们却又必须牢记，虽然语言构成了一个障碍，诗歌本身却给我们一个去努力克服障碍的理由。欣赏属于另外一种语言的诗歌，就是欣赏对说这一语言的人民的理解，一种我们不能在其他方式中获得的理解。我们也不妨想一想欧洲的诗歌史——一种语言的诗歌怎样能给另一种语言的诗歌巨大的影响。我们必须牢记，每一个有成就的诗人从与他自己不同语言的诗歌中获得的巨大收益。我们还不妨考虑一下，要是诗没有受到外国诗的哺育的话，每一个国家和每一种语言的诗都会衰亡和消失。当一个诗人对他自己的人民说话，对他起了影响的其他语言的诗人的声音也在说话，与此同时，他自己也是在对其他语言的青年诗人说话；这些诗人将会把他的生活景象的一部分和他的人民精神的一部分传递到他们自己的作品中去。部分由于他对其他诗人的影响，部分通过翻译——这必须是其他的诗人对他的诗的一种再造，部分通过那些与他运用同一语言，虽说自己不是诗人的读者，诗人能够对促进不同民族问题的理解做出贡献。

在每一个诗人的作品中，必然会有许多只能对那些与诗人居住同一地区、使用同一语言的人们才有魅力的东西。尽管如此，"欧洲的诗"一词是有意义的，甚至"全世界的诗"一词也有着意义。我认为，在诗歌中，不同国度和语言的人民——虽说不管在哪一个国家中都只是通过一小部分人——能获得一种相互理解，这种理解虽然不全面，却至关重要。我认为诺贝尔文学奖——当她奖给一个诗人时——主要是对诗的国际价值表示肯定。要做出那样的肯定，就必须不时指定一名诗人。于是我此刻站在你们前面，不是凭着我自己的成就，而是就一段时间来说，作为一个象征，象征着诗的重要意义。

在授奖之前，瑞典皇家科学院的古斯塔夫·霍尔斯特洛姆说了这样一段话："谦卑也是你艾略特先生视为人的德行的一大特点。'我们唯一能希望获得的智慧是谦卑的智慧。'一开始时这似乎不可能是你远见卓识的最后结果。你生于美国的中西部，那里垦荒精神依然蓬蓬勃勃，又在波士顿长大，那可是清教传统的要塞。你在青年时代来到欧洲，接触到古老的世界战前的文明类型。爱德华二世、威廉皇帝、第三共和国、"风流寡妇"的欧洲。这样的接触对你是一大震惊，在《荒原》中你把这一震惊表达得淋漓尽致，诗中欧洲文明的混乱和庸俗成了你尖锐批评的目标。但在批评下面又有着深沉和痛苦的幻灭，在这片幻灭中生长出同情，从同情中又出现了越来越强的欲望——要从混乱的废墟中抢救出一些残存的东西，借此秩序和稳定性也许能得以恢复。你在现代文学领域中长期以来占有的地位，使人想要将其与西格蒙德·弗洛伊德二十五年前在心理学领域中的地位做一比较。如果我们能做一比较的话，他创建的心理分析疗法的新颖也许可与你用来传达你信息的革命形式媲美。这条比较的路还可再走得远一些。对弗洛伊德来说，混乱最深的原因在于现代人的文化的不安定。按照他的意见，人们必须努力得到一种集体的和个人的之间的平衡，这一平衡就必须始终考虑到人的原始冲动。你，艾略特先生，持了相反的意见。在你看来，人的获救在于文化传统的维持，在我们更成熟的岁月里，这在我们身上比原始有着更强的生命力。我们如果要避免混乱就得维持文化传统。传统不是我们压在身上的死气沉沉的负担，在我们青年时代对于自由的向往中，我们曾试图把这种负担甩掉。传统恰恰是未来收获的种子将要撒下的土壤。作为一个诗人，艾略特先生，你对同时代人和年轻的同行所起的影响，也许要比我们时代的任何一个人都要深远。"

T.S. 艾略特

1948 年

（乔凌 译）

有关艾略特夫妇的一次采访

　　作为著名诗人、评论家 T.S. 艾略特的第二任妻子，瓦莱丽不仅陪伴丈夫的晚年，给了他幸福的生活，同时也在丈夫身故之后，整理出版丈夫的著作、书信，为艾略特研究做出了巨大贡献。凯伦·克里斯坦森（Karen Christensen，以下简称"凯伦"）女士曾担任瓦莱丽的秘书及助手。小说家、诗人、翻译家裘小龙是艾略特的"超级粉丝"，曾翻译出版《荒原》《四个四重奏》的中译本，在参与《荒原》纪录片拍摄制作的间隙，裘小龙采访了凯伦，请她谈谈 T.S. 艾略特夫妇以及其他一些有关的方面，因为艾略特与他的女性朋友们是这一两年艾略特研究中的重要课题，为怎样全面理解他的作品提供了一条新的途径。

　　裘小龙：在中国，艾略特是最受欢迎的西方现代派诗人之一。二十世纪八十年代中，我曾很惊讶地读到，有人把《四个四重奏》中译本放在送嫁妆的黄鱼车的最上方，一路招摇过市，因为这在当时算是很时髦的。我的一位好朋友，俞光明（我后来把这个名字写进了"陈探长系列"，他成了那位探长的搭档）居然能把《荒原》

这首长诗的中译从头到尾背下来。因此，我想首先请您为中国读者介绍一下自己——作为瓦莱丽的秘书、作为一个侧重中国的出版家，也作为正在从事一个有关艾略特与瓦莱丽研究项目的学者。

凯伦：我是美国人，但从加州大学圣巴巴拉分校毕业后，我在英国生活了十多年。我当时刚养了孩子，想找一份兼职工作，凑巧在《泰晤士报》上看到一则小方块工做广告。几天后，瓦莱丽在费伯出版社（Faber & Faber）面试了我。对瓦莱丽，我既感敬畏，又感惊讶，我原以为她大概都一百岁了——我甚至都不知道还有第二个艾略特夫人。我与艾略特其实是同一天生日，我儿子取名汤姆（顺带提一句，他在北京生活），这些都是瓦莱丽所喜欢的。

就瓦莱丽而言，我不仅仅是秘书，也是伙伴与助手。对费伯出版社来说，我还得扮演这样一个角色，要在瓦莱丽一旁施加压力，让艾略特书信集的第一卷能在1988年出版，赶上他的百年诞辰。于我自己而言，这倒不是坏事，交稿日期通常能逼我出活，也因为瓦莱丽不愿意干完——她其实很难把这本书放下。

我一直想开始自己的写作生涯，"一些年后"当我终于得到要写一本书的合同时，我迫不及待地打电话告诉她。从她的角度看，这或许不算是太了不起的事，不过她还是很体贴地把艾略特的旧书桌留给了我，她自己买了一个新的。你可以想象我当时有多么激动。

我后来成了环保作家，接着又创办了一家学术出版社，侧重中国文化。我们出版的《中国传记辞典》成了牛津大学出版社传记选集的一部分。

之前我从未想过要写有关艾略特的专著，但人们常问我怎样参与艾略特书信的编辑工作，于是我在 2005 年为《卫报》的书评栏目写了这方面的长篇专评。瓦莱丽 2012 年去世时，我的文章被多家报纸引用，因为那些熟悉她的人，没有一个为她写过文章。艾略特去世后的这些年里，她一共才接受了三次采访。我对瓦莱丽到底是个什么样的人——作为一个女人——感到好奇，还有，这许多年她作为火焰守护者的经历又意味着什么。这让我开始写一本书，其中一部分也可以说是瓦莱丽的传记。

裴小龙：2015 年，约翰·霍普金斯大学出版了由克里斯托弗·里克斯和吉姆·麦凯编辑的《艾略特诗集》。这两卷诗集遵循瓦莱丽的要求，收入一些先前未曾发表的，而一直要到她去世三年后才能问世的诗。在这本新的《艾略特诗集》里，我们第一次读到先前压根儿也不知道的一些诗。诗写得相当个人化，与诗人的非个人化理论有明显的冲突。事实上，在他写给瓦莱丽的那些爱情诗里洋溢着个人的激情，有些读起来甚至有色情的感觉。您又怎样看待这一矛盾呢？

凯伦：我想，每个人似乎都同意，这些诗写得很糟。他那首"给我妻子的献辞"（*A Dedication to My Wife*）其实更令人印象深刻，也感人得多。这几十年来，我读到了许多关于艾略特究竟是怎样一个人的描述。显然，他公开露出的那一面相当非个人化，也十分严肃，但内在的性格却很不一样。此外，他也被晚年的婚姻生活改变了。他再没有写出重要的作品，可他十分幸福，从童年时代起，他还从未感到这样幸福过。瓦莱丽谈到艾略特时，说他像个小男孩，她有时对他也颇像一个保姆。他们互相开玩笑、恶作剧，显然十分喜欢在一起。我个人私底下有些怀疑，他俩之间的身体激情到底有多少，我也很好奇，瓦莱丽是否曾希望为他生个孩子。还有下面这一点，你或许也会感兴趣：艾略特为人熟知的宗教狂热在他婚后的生活中似乎不再是那么重要的一个因素。也许，对个人生活的心满意足，多少改变了他对非个人化的理论以及宗教的观照角度。

裘小龙：作为艾略特的超级粉丝，我不禁对瓦莱丽充满感激之情，感谢她为艾略特所做的一切，如1974年出版的《荒原》（手稿复制本）的编订，又如她编辑的两卷本艾略特书信集，更不要说她那个富有远见的决定，让安德鲁·劳埃德·韦伯把艾略特的《老负鼠的实用猫经》改编成大获成功的音乐歌舞剧《猫》，因为她相信这会让已故的丈夫开怀一笑。在个人生活中，她更是让晚年的艾略特充满了幸福，这在艾略特晚年的爱情诗中显而易见。您能多讲一些您所熟悉的瓦莱丽吗？

凯伦：她平素羞怯，也缺乏安全感，这一直让我惊讶。后来听说她在学校里成绩不理想，没有许多朋友，我意识到她可能对人们一般没有太多信心。但她同时也是非同寻常地坚定、坚持的一个人。想一想，在大多数女人二十岁左右就要结婚成家的年代，身为一个已近三十岁的女人，也作为一个位置低下的秘书，她所感受到的一切：没有什么职业生涯的前途可言，只是在绝望中依然希望着，艾略特有一天也会爱上她。他们婚后，许多人还是对她普通的家庭出身不以为然。甚至在我与她已经相熟的情况下，她对自己的社会阶层多少还要持辩护的态度（作为一个美国人，我对英国的阶层划分感到讶异！）。她肯定常常自我批评。她觉得写信很难，会一遍又一遍修改、重写。她对批评家充满畏意，这或许是她一次次拖延艾略特书信集出版的原因。

事实上，她只有在喝酒后才能放松，变得健谈起来。她的家人喝酒都相当凶，很不幸，她后来也喝上了瘾，这可能与她多年后的阿尔茨海默病有关。我对此感到十分悲哀，因为我知道她让艾略特感到多么幸福，但她自己则付出了巨大的代价。

这里我还有一个小小的补充：那本《老负鼠的实用猫经》最初出版时（1939年初版，第二年就重印了，销售量远超他的其他诗集，我确信无疑），艾略特像是在信中写到过，那些"猫诗"会让他发一笔大财。瓦莱丽若知道这一点，肯定会很高兴，因为她授权给韦伯把这些诗改编成歌舞剧《猫》，对这个决定她一直觉得需要澄清一下。这让她富有，也让费伯出版社得以保持独立，但她又担心诗歌的商业化会让那些艾略特学者嗤之以鼻。她把这层忧虑告诉了我，还有其他一些朋友，说汤姆热爱戏剧，有很强的幽默感，因此会喜欢这部歌舞剧。她从未提到艾略特的这封信，我想这是评论家在她去世前几年时在未编辑过的档案中找到的，那时她已不再可能全力以赴地编辑丈夫的信件。多希望她也能读到这封信。

裴小龙：对，我也读到过，艾略特一直希望有更多的读者接触到诗歌，这也是他后来写诗剧的原因之一。歌舞剧《猫》的改编，或许可以说是他俩共同做出的决定。他在诺贝尔文学奖的授奖演说中也说，"全世界的诗"这一词有意义，尽管不同语言和国度的关系，这种相互理解并不全面，却至关重要。换一种角度也可以说，诗需要在全球有更多的读者。

确实，中国读者对艾略特的兴趣从未出现过退潮的迹象。早在二十世纪三十年代，著名翻译家赵萝蕤就翻译了《荒原》的第一个中译本；也就在最近这两年里，林德尔·戈登所写的一本传记，《艾略特：不完美的一生》(T. S. Eliot: An Imperfect Life) 也有中译本问世。我对这本传记不想多说什么，因为我读过戈登的前两本传记《艾略特的早年生涯》(Eliot's Early Years) 与《艾略特的新生》(Eliot's New Life)，《艾略特：不完美的一生》读起来难免有点像前两本拼凑起来的感觉。不过，这本传记的中译本是由一位年轻的中国译者完成的，译得很不错，被评为中国国内当年最佳书籍之一，这本身也说明了艾略特在中国受欢迎的程度。然而，在各种艾略特传记里，仿佛还真有一种时髦的倾向：把艾略特塑造成是一个对他生命中的女性的剥削者，虽说"剥削者"一词在这里并非是通常的含义。举个例子来说，《荒原》中有一段话据说是艾略特第一个妻子薇薇安说的："今夜我的神经很糟。是的，糟。跟我在一起。/跟我说话。为什么你从不说话？说啊。/你在想什么？想什么？什么？/我从不知道你在想什么。想吧。"这也许出自薇薇安之口，但因此要说艾略特是剥削、剽窃了她，太言过其实了。在我看来，一个诗人的成就正在于把个人化的经历转化成非个人化的，写入诗中，从而引发读者的共鸣。

凯伦：我是这样想的，诗人所做的正是把个人的经验处理成普世的经验，向我们所有人都这样说，从而发掘出共同的意义和情感。这不就是非个人化吗？我知道艾略特不想让人们写他的传记，这一点我完全能理解、同情。他还烧掉了许多封信，觉得这属于他自己的生活，而不是属于未来的学者与作家的一些材料（瓦莱丽对人们写她无疑也有同感）。但我们芸芸众生还是期望在他人的生活中找到理解。我们对他人的生活都有好奇心。人们现在对艾略特生活中的女性这样好奇，我觉得也没什么可惊讶的地方。就艾略特这样一个严谨、严肃的人而言——他与薇薇安分居时，曾立下单身的誓言——身边却还是有这么多女性，这自然让人相当感兴趣。现在，他生活中有四个女性正受人们关注，还有其他的人爱过他，至少有一位女性曾要求与他结婚。

在瓦莱丽身边工作时，我在二十世纪二十年代有关的来往信件的研读上花了许多时间，在输入那些书信手稿的过程中，我对她有了相当深入的了解。她是个饱受病痛折磨、情绪不稳定、而又有野心的女人，艾略特显然认为她对他自己诗歌的批评是重要的。薇薇安也通过各种方式为他的诗歌写作尽了自己的一分力：包括她生动的声音、她看世界的方式，还有她在《荒原》手稿上的批注。我开始为瓦莱丽工作的第一天，她就要我读她编订的《荒原》（手稿复制本），我相信她对此感到十分骄傲。当时我尚未意识到，尽管她标出了薇薇安批注的部分，瓦莱丽和费伯出版社都没有给予薇薇安应有的承认，却只是单独给了庞德赞语（裘按：埃兹拉·庞德是美国现代主义著名诗人，人们一般认为，他在《荒原》的修改中，为艾略特提供了一个至关重要的空间形式框架结构）。如果在今天，同样的书籍出版时，我想薇薇安的贡献会更清楚地得到承认。

然而，要把薇薇安塑造成《荒原》共同作者的说法，我认为纯粹是胡说八道。每个作家都会从其他人那里获得一些主意、故事情节，或只言片语。我应该指出，艾略特努力尝试过要让薇薇安的作品发表，因为玛丽安·摩尔（Marianne Moore）拒绝发表，艾略特都跟她发了火。我曾琢磨过，要让瓦莱丽接受这一点，即薇薇安比她更有才华，或许不是那么容易的事情。尽管瓦莱丽开玩笑说，自己在学校里"专修的是烫衣服"，但她确实想要人们尊重她所编辑艾略特文稿的学术质量。

裘小龙：也许，我们正在这里讨论的，同样适用于《汤姆和薇芙》这部电影，也适用于那些最近公布的艾略特写给艾米莉·黑尔的信件，这在批评界又掀起了轩然大波，引发了对他俩关系的推测。前不久，在《纽约客》杂志上有一篇题为"艾略特的缪斯秘史"的文章，我们在前面提到的那种时髦倾向，在文中尤为明显。中国读者同样也对在普林斯顿大学发现的那批信件十分感兴趣。女儿为我在普林斯顿大学图书馆预约登记，让我可以细细读一读这批信，但因为疫情，我最终无法赶过来。您或许能告诉我们更多这方面的情况。

凯伦：普林斯顿大学图书馆公开艾略特写给艾米莉·黑尔的信件的那个早晨，我就在那里（关于这个题目，我写过一篇文章）。最有戏剧性的，却是艾略特留在哈佛大学的那封信的发布场景，信中说，他从未真正爱过黑尔，而瓦莱丽是唯一对他真正重要的女性。因为我们正在那里读他写给黑尔的那些激情洋溢的信件，他留在哈佛的那封信就显得不太可信了，也不够厚道。有不少人怀疑那封信写出来，只是为了让瓦莱丽放心，其中还有一部分或许是出于她的安排。这不是故事中令人愉快的一部分，但我想我们大多数人都能理解。毕竟，瓦莱丽想成为他生活中唯一的女性。

裴小龙：我们正迎来艾略特创作《荒原》的一百周年纪念。人们在安排各种各样的学术、庆祝活动。一家荷兰电影公司在拍一部艾略特的纪录片，这个月摄制组要飞到圣路易斯市来，一定要我也参加，谈一谈艾略特与《荒原》。与百年纪念有关的活动，您的信息要比我们多得多。在这个全球化的年代里，一些中国学者、读者也乐于参加。

凯伦：美国和英国的艾略特协会将通过线上会议举办多场活动，有一个学术会议还有两周就要召开了。但我可以肯定地说，2022年会有更多的活动。我不知道中国读者们是否想参加这些协会，获取更多信息，读到更多有关文章。会费不贵，大约三十五美元一年吧。如果更多的中国会员加入，协会肯定也乐意。

裘小龙：有这么多的问题想问您，但时间有限，在这篇访谈的最后，我只能与您分享一个真实的小故事。当《汤姆与薇芙》在圣路易斯公映时，我费尽九牛二虎之力劝说妻子，甚至还为此承诺：如果这部电影不能打动她，我就在家里洗一个星期的碗。说来也令人难以相信，在艾略特出生的城市，那晚在影院里一共只有四个人，一对美国老夫妻，加上我和妻子。这部电影拍得很阴暗，甚至都打动不了我。没办法，我只能信守洗碗的承诺。或许，我更多是艾略特的"白痴级"粉丝，而称不上什么"完美"的批评家或采访者。女儿曾跟我开玩笑说，"你的逻辑就是：不管艾略特说什么，做什么，总是对的。"不管怎么说，艾略特却还是不断给我灵感。好多年后，在一本陈探长系列小说里，我让主人公戏仿艾略特的《普鲁弗洛克的情歌》，也写了一首诗，还把"Eliotic"（艾略特的）与"Idiotic"（白痴般的）押上了韵。

凯伦：每次想到自己在写汤姆与瓦莱丽的书时，我都禁不住微笑。我也有一件事想告诉你，瓦莱丽去世后不久，我还正想着她时，去了北京访问。走进一个地铁站口，我看到柱廊上贴满歌舞剧《猫》的海报。我真希望瓦莱丽也能看到它，因为这会让她心花怒放。

图书在版编目（CIP）数据

艾略特诗选：《荒原》及其他 /（英）T.S.艾略特
著；裘小龙译 . -- 北京：北京联合出版公司，2024.
9. --（雅众诗丛）. -- ISBN 978-7-5596-7942-0

Ⅰ . I561.25

中国国家版本馆 CIP 数据核字第 2024Y3E706 号

艾略特诗选：《荒原》及其他

作　　者：[英] T.S.艾略特
译　　者：裘小龙
出 品 人：赵红仕
策划机构：雅众文化
策 划 人：方雨辰
特约编辑：拓　野
责任编辑：周　杨
装帧设计：方　为

北京联合出版公司出版
（北京市西城区德外大街83号楼9层　　100088）
北京联合天畅文化传播公司发行
山东临沂新华印刷物流集团有限责任公司印刷　　新华书店经销
字数221千字　　1092毫米×860毫米　　1/32　　11.5印张
2024年9月第1版　　2024年9月第1次印刷
ISBN 978-7-5596-7942-0
定价：78.00元